彼女はひとり闇の中

天祢涼

She is Alone in The Dark

Ryo Amane

彼女はひとり闇の中

目次

一章　5
二章　64
三章　108
四章　163
五章　177
六章　226

イラスト　いとうあつき
装丁　　　西村弘美

一章

近所で殺人事件が起こったことを知るまでは、ありふれた日曜日だった。

昨日の夜は、バイト先の社員さんたちと五人で飲み会だった。かなり飲んでしまって帰りは終電だったものの、今朝も七時に起きた。母は「昨日は遅かったのに」としきりに感心してくれたけれど、休みの日だからといって寝坊するのがもったいないだけだ。

すっきりしたくてシャワーを浴びている間、パトカーや救急車のサイレン音がずっと鳴り響いていた。気になってお風呂から出るとリビングのソファに腰かけ、スマホで〈日吉（ひよし）　サイレン〉〈日吉　事件〉などのキーワードで検索する。

たどり着いたのが、日吉第一公園の近くを通る小道で、若い女性が刺殺されたらしいというＴｗｉｔｔｅｒの投稿だった。家（うち）のすぐ近くだ。現実感を持てなかったけれど、ほどなく、ニュースサイトでも速報が流れた。

わたしの横からスマホを覗（のぞ）き込（こ）んだ母の顔が、青くなる。

「こわいね。若いってことは、被害に遭った人は千弦（ちづる）と同じくらいの年なのかな」「昨日の夜は遅かったから、千弦が被害に遭ってたかもしれないんだね」「しばらくは早く帰ってきなさい。遅くなるときは、お父さんかお母さんが駅まで迎えにいく」

母が不安そうにいろいろ言っているうちに、ＬＩＮＥグループに互いの安否を確認するメッセージが行(ゆ)き交(か)いはじめた。いくつものグループに入っているし、わたし個人に宛てたメッセージも次々に届くので、未読件数がいつも以上の勢いで増えていく。それらに無事を知らせるメッセージを返しながら、頭の中に、まだ連絡が取れていない友だちの名前をあげていった。わたしは七歳のときに引っ越してきてから一四年間、ずっと日吉に住んでいる。通っている大学もこの街にあるので、近隣に「若い女性」の友だちがたくさんいるのだ。

被害に遭った人には気の毒だけれど、知り合いのはずない。この辺りに「若い女性」は何人もいる。自分にそう言い聞かせている最中(さなか)、朝倉玲奈(あさくられいな)からもメッセージが届いていることに気づいた。受信時間は、昨夜——一〇月二三日午後九時三四分。ほかの未読メッセージに紛れて見落としていた。

〈こんばんは。ちょっと相談したいことがあるんだけど、電話してもいい？〉

これが玲奈のメッセージだった。なんだろう、改まって。直接話さないといけないことなの？

玲奈の無事も確認したいので、母に「朝ご飯は適当に食べる」と告げ、二階の自室に上がってＬＩＮＥ電話をかけた。でも呼び出し音が延々と鳴るだけで、出ない。スマホの番号にかけても、〈おかけになった電話は——〉という人工的な声が返ってくるだけだった。

〈ごめん。玲奈のＬＩＮＥにさっき気づいた。電話はいつでもＯＫです。連絡ください〉

そうメッセージを送ってから、スマホを握ったままベッドに腰かけ待つ。電話は鳴らないし、既読マークもつかない。不安が膨らんでいったけれど、先にほかの友だちに安否確認のメッセージを送る。彼女たちからは〈無事〉〈大丈夫〉といった返信が相次いだものの、玲奈の既読マークはつかないままだった。落ち着かず、ベッドと窓辺の間を行ったり来たりしながら考える。

とにかく玲奈の無事を確認したい。家に行ってみようか。でも、いまどこに住んでいるのか知らない。玲奈の友だちに訊こうにも、わたしは商学部経営学科、あの子は人文学部社会学科で、共通の知り合いがいない。人文学部のほかの学科には友だちがいるから、社会学科に知り合いがいないか訊こう。現場にも行ってみようか。亡くなった人についてなにかわかるかもしれない。

「千弦？」

うかがうような声とともに、ノックの音がした。「どうぞ」と応じるとドアが開かれ、兄の鉄人が顔を覗かせる。

「おはよう……と言っていいのかな？」

兄は眼鏡の向こうから遠慮がちにわたしを見つつ、続ける。

「この辺りで若い女性が刺されたらしいね。まさか、知り合い？」

「ほとんどの知り合いとは連絡が取れたんだけど、玲奈からだけ返事が来ないの」

言い終えた途端に後悔した。兄には、余計な心配をかけたくないのに。

「玲奈って、朝倉玲奈ちゃん？　千弦が小学生のときにどこかに引っ越したんじゃ——あ、慶秀大学に入ったから、こっちに戻ってきたんだっけ」

「うん。まだ八時前だから、寝てるだけだと思うけどね」

意識して明るく笑ってみせたけれど、兄はわたしとは対照的な垂れ気味の目で心配そうに見つめてきた。それに気づいていないふりをして言う。

「事件のことが気になるから、現場に行ってみる」

は「気をつけてね」と呟いてドアを閉めた。

兄はわたしより一一歳上で、体格もいい。ついていこうか迷っている様子だったけれど、結局

「そこまでしてくれなくていいよ。ありがとう」

「コンビニに行こうと思っていたから、僕もつき合ってもいいけど」

友だちと約束なんてしてないけれど嘘をつき、暗に出ていってほしいことを伝える。

「なにが起こったのかこの目で見たいし、友だちと行くから平気。じゃあ、着替える」

「野次馬みたいで感心しないし、犯人がどこにいるかわからないから危ないよ」

人文学部の友だちに事情を伝えるメッセージを送ってから、出かける準備をした。今日は一〇月にしては寒いので厚手のカーディガンを羽織る。兄に続き両親にもとめられ説得に手間取り、八時半すぎにようやく家を出られた。空は鉛色の雲に塞がれ、陽射しはまったくない。

日吉は、駅の東口方面に慶秀大学のキャンパスが、西口方面に放射状に広がる商店街がある、いわゆる学生街だ。東急の東横線と目黒線、横浜市営地下鉄のグリーンラインという二社三路線が乗り入れているので交通の便がよく、駅周辺は昼夜問わずにぎやか。でも商店街を抜けた先は一転して、閑静な住宅街となっている。

わたしの家は、ここの高台にある。日吉第一公園までは、歩いて五分ほど。ずっと鳴りっぱなしだったサイレンの音は、既に時折しか聞こえなくなっている。それでも、街全体に落ち着かない雰囲気が漂っているのを感じた。背中に汗が滲んでいるのは、起伏の多い道を足早に歩いていることだけが理由ではない。

日吉第一公園が見えてくると、友だちと競争しながらジャングルジムを上ったり、はしゃぎながら草の生い茂った斜面を転げ落ちたりした記憶が蘇ってきた。

玲奈がいなかったら、あの日々はなかった。

*

七歳のとき日吉の小学校に転校してからしばらく、わたしは友だちができなかった。無理に他人に合わせる必要はないと、子ども心に思っていたせいだ。それまですごした品川の学校でもそうだったから構わなかったのに、ある日の昼休み、玲奈が声をかけてきた。

「守矢さん、みんなで鬼ごっこしない？」

断ろうとしたが、玲奈の身体が小刻みに震えていることが気になった。わたしはよく「目がこわい」と言われているから、この子も勇気を振り絞って誘ってくれたのかも。さすがに悪いと思い、仕方なく「する」と答えた。

そうしたら、思いのほか楽しかった。

季節は秋で、空気はひんやりしていたのに、大声を上げながら全力疾走して、汗だくになった。昼休みの終わりを告げるチャイムが鳴ったときは、心の底からがっかりした。

これがきっかけで、わたしは、誰かと一緒になにかをする楽しさを知った。「千弦ちゃんはもっとお嬢さまっぽい恰好の方が似合うし、みんなも話しかけやすくなるよ」と玲奈にアドバイスされたから、小三のとき「これからは髪を伸ばしてスカートを穿く」と宣言して母に驚かれ、父には「ベリーショートの方が楽だと言ってたのに」と笑われた。

髪の長さや服装だけじゃない、玲奈がいなかったら、わたしの人生は全然違うものになっていたはずだ。そう言う度に、玲奈は「千弦ちゃんなら、私がいなくてもたくましく生きてたよ」と困ったように笑ったけれど、そんなはずなかった。だから、どんなに友だちが増えても、学級が別になっても、朝倉玲奈はわたしにとって特別な存在であり続けた。

そんな玲奈が遠くに行ってしまうことを知ったのは、小学五年生の五月。

「お父さんの仕事の都合で、来月、宮崎に引っ越すことになったの」

友だち四人で下校する途中、玲奈に切り出されたときは、すぐには意味がわからなかった。ほかの二人が「嘘？」「玲奈だけ残れないの？」などと言っている間も、わたしの口からはなんの言葉も出てこなかった。

わたしたちとは対照的に、玲奈は全然かなしそうじゃなかった。

「二度と会えなくなるわけじゃないから。親のスマホを借りれば、いくらでも話せるから」

そう言って微笑む姿はかっこよくて、学級の背の順で一番前とは思えないほど大きく見えた。だからわたしは、玲奈と残された時間を目一杯楽しくすごそうと決めた。

なのに、玲奈が引っ越す三日前。夕方、たっぷり遊んだわたしが家に帰ると、母は言った。

「玲奈ちゃんのママから聞いたんだけど、玲奈ちゃんは『引っ越したくない。友だちと離れたくない』って落ち込んでるんだって。かわいそうにね」

ついさっきまで玲奈は「宮崎のおいしいものってなにかな？」と楽しそうに話していたのに？でも、そういえば最近の玲奈は少しやせた気がする。本人は「ダイエット」と言って、わたしたちに「それ以上やせてどうする⁉」とツッコミを入れられていたけれど……。

「玲奈に会ってくる」

言い終える前に、わたしは家を飛び出した。目を閉じても歩けるくらい何度も通った道を、全速力で駆ける。平屋の一軒家が見えるとさらに加速し、そのままの勢いでインターホンを鳴らした。おばさんの〈はい〉という声が返ってくるのと同時に、肩で大きく息をしながら叫ぶ。

「千弦です。玲奈と話があって来ました！」

おばさんは驚きながらも〈待っててね〉と返し、家にあげてくれた。なにかを察してくれたのか、「コンビニに行ってくるから、ごゆっくり」と出かけてもくれた。おじさんはまだ帰ってきていないので、玲奈と二人きりになる。通された玲奈の部屋は机もベッドも既になく、その代わりのように段ボール箱がいくつも積まれていて、胸がきゅっとなった。

「どうしたの、千弦ちゃん？　なにかあった？」

「玲奈は、本当は引っ越したくないの？」

質問に質問を返すと、玲奈の両目は虚を衝かれたように大きくなった。それを見たらもう、答えを聞くまでもなかった。

「どうして本当のことを話してくれなかったの？　なんで、わたしたちの前で笑ってたの？」

「話しても仕方ないじゃない。千弦ちゃんたちにだってどうしようもないから、困らせるだけ」

「だからって……」

その先は続けられなかったし、自分がなにを言いたいのかもわからなかった。黙って見つめ合っていると、玲奈の大きな瞳からぽろぽろと涙がこぼれ落ちる。

「本当は……ずっと千弦ちゃんたちと一緒にいたい……でも、迷惑もかけたくない……」

「迷惑なんかじゃない！」

反射的に返すのと同時に、わたしの目からも涙がこぼれる。それからどちらからともなく、わたしたちは抱き合った。玲奈の身体は、とても小さく、あたたかかった。いくら親のスマホで話すことができても、もうこんな風に玲奈を感じることはできないんだ。そんな当たり前のことにいまさら気づくと、わんわん泣いてしまった。玲奈も、わたしに負けないくらいの声で泣いた。

二人そろって、涙と鼻水と涎（よだれ）でひどい顔になりながら、途切れ途切れに言葉を交わす。

引っ越してからも、ずっと友だちでいようね。わたしが言うと、玲奈は、うん、と頷（うなず）いた。

高学年なのに恥ずかしいから、二人して泣いちゃったことは秘密にしようね。玲奈が言うと、わたしは、うん、と頷いた。

でも。

これからは迷惑とか言わないで、わたしにはどうしようもないことでも話して。どうしようもなくても、玲奈のためにがんばるから。

わたしが言うと、玲奈は、ん、と短い音を発しただけだった。

きっと玲奈はこれからも、辛（つら）いことや苦しいことやかなしいことがあっても話してくれず、一人で抱え込む。友だちなのに。わたしには鬼ごっこをしよう、と声をかけてくれたのに。

そう思うと、玲奈の背中に回した両腕に、さらに力がこもった。

*

日吉第一公園の傍らで、いつの間にか足をとめていた。左手で髪の毛先を強くつまみ、歩を進める。前方から、たくさんの声が入り交じり一体化した音が聞こえてくる。事件現場が近い。

予想したとおり、玲奈は宮崎に引っ越してからも、大学で再会してからも、一度もわたしを頼ってくれなかった──昨日の夜までは。

困らせるとか迷惑をかけるとか考える余裕もないほど追い詰められ、「わたしにはどうしようもないこと」だけれど相談しようとしているとしか思えない。なのにわたしの方から電話をかけても出ず、ＬＩＮＥは既読にならない。

そして、被害に遭ったのは若い女性。

嫌な予感が、どうしたって膨らんでいく。


遺体が発見されてから一時間半近く経（た）っているが、事件現場の周囲にはまだ野次馬が集まっていた。わたしの身長は同世代の女性の平均より数センチ高いけれど、人垣で前が見えない。目一杯背伸びして、様子をうかがう。

まるで林道のような、左右に背の高い木々が並ぶ小道だった。長さもそれなりにあって、不謹慎だけれど、犯罪にはうってつけの場所だと思う。

「立入禁止」と書かれた黄色いテープの向こう側では、全身を白い防護服で覆った人が、長い棒状のものを手に枝を見上げていた。視線の先には蜂の巣がある。あれを駆除しようとしているのか。あの巣に生息しているスズメバチは、この季節になっても活動しているらしい。最近も、街灯の明かりのせいで昼と間違えて巣から飛び出し、夜間に襲われた人がいると聞いた。横浜市はスズメバチの駆除を受けつけていないし、人通りの少ない道だからそのままになっていたようだけれど、事件現場になったからああいう作業を行うのだろうか。

防護服を着た人の数メートル向こうでは、濃紺の服を着た男性が二人で話をしていた。刑事ドラマでよく見る鑑識課員だ。ドラマと違い、帽子の下にビニールキャップを被り、顔の下半分をマスクで覆っている。毛髪一本、汗一滴たりとも落とすまいとする気迫が漲っていた。

ニュースだけでは知ることのできない光景に立て続けに注目したのは、一番目立つもの——鑑識課員のさらに向こう、道を塞ぐブルーシートから目を逸らそうとしていることが理由なのは、自分でもわかっていた。

あのブルーシートの先にはまだ遺体が横たわっていて、それは玲奈かもしれない。そう思うと、身体が芯から熱くなった。カーディガンのポケットからスマホを取り出す。未だ玲奈から折り返しの電話は来ていないし、ＬＩＮＥも既読になっていない。

「日曜日だから、まだ寝てるんだ。圏外なのは、スマホの電源が切れているからだ」

敢えてそう口に出す。


被害者に関してなんの手がかりも得られないまま、家に帰った。人文学部の友だちからは〈社会学科に直接の知り合いはいないけど、心当たりをさがしてみる〉と返信があったきりだ。そわそわしているうちに、時間だけがすぎていく。

昼すぎ、社会学科の学生が警察に話を聞かれたらしいというメッセージが、学科仲間のＬＩＮＥグループに送られてきた。

〈被害者は朝倉玲奈さん、二一歳〉という記事がニュースサイトに掲載されたのは、その後しばらくしてからだった。薄々予想していたのに、カーペットにへたり込んでしまう。

事件現場のブルーシートの先に倒れていたのは、やっぱり玲奈だったんだ。一体どこを刺されたのだろう。どれだけ血が出たのだろう。どれほど痛かったのだろう。

そして――いつ、息絶えたのだろう。

もしかしたら、わたしが飲み会でサワーを片手に大声で笑っているまさにその瞬間に、辛くてこわくて絶望的な思いをしながら――。

「しっかりしなさい」

意識して声に出し、立ち上がった。玲奈がわたしに相談しようとしたことが、事件に関係しているかもしれないのだ。警察に知らせないと。


この地域を管轄しているのは、神奈川県警港北(こうほく)警察署らしい。最寄りの大倉山(おおくらやま)駅は、日吉駅から東横線で二駅だ。事件現場には手ぶらで行ったけれど、今度はリュックを背負って家を出た。小振りだが、マチが広くてポケットがたくさんついているし、シンプルなデザインでいろいろな服と合わせやすいので愛用している。

大倉山駅からはバスに乗って移動すること五分強、港北警察署に到着した。受付で「日吉の事件の被害者が、殺される前に相談があるとLINEを送ってきた」と話すと、小部屋に通された。飾り気のない机が一つ、それを囲む形でパイプ椅子(いす)が四つあるだけの素っ気ない部屋だ。椅子に座ると、緊張する間もなくドアが開いて男性が二人入ってきた。

一人は、わたしと同世代と見紛(みまが)うほどの童顔。両目が大きく、どことなく小動物を連想させる。

もう一人は、三〇代前半に見えた。長身で肩幅もあり、薄い唇は笑みの形になっているところを想像できないほど固く引き締められている。

椅子から立ち、差し出された名刺を両手で受け取る。童顔は橋本育太（はしもといくた）さん、三〇代前半の方は菱田源（ひしだげん）さんという名前だった。わたしは守矢千弦という名前と、玲奈と同じ慶秀大生であることを伝えて座り直す。

「ご多忙のところお時間いただき、ありがとうございます」

わたしが一礼すると、橋本さんはこちらの緊張をやわらげるような笑みを浮かべた。

「情報提供は大歓迎です。それにしても礼儀正しいなあ、守矢さん。やっぱり慶秀大生は違う」

「それで、被害者が送ってきたＬＩＮＥというのは？」

菱田さんはにこりともせず、いきなり本題に入った。橋本さんが、ばつが悪そうに口を閉ざす。愛想（あいそ）がない人だなと思いつつ、わたしは玲奈のＬＩＮＥを表示させ、菱田さんにスマホを差し出した。無言で受け取った菱田さんは、ディスプレイに目を落とす。

「このメッセージを写真に撮らせてもらっていいですか」

訊（たず）ねてはいるが、拒否を許すつもりのなさそうな言い方だった。「どうぞ」と頷くと、菱田さんは自分のスマホでＬＩＮＥの画面を撮影しはじめる。

何度電話をかけても圏外だし、菱田さんが撮影までするということは、玲奈のスマホは見つかっていないのかもしれない。玲奈が使っていたのはｉＰｈｏｎｅで、電源が入っていなくても一定時間なら位置情報を取得できる機種だったと思う。なのに見つかっていないのは、まだ警察がそこまで調べていないか、調べたけれど玲奈が普段から位置情報をオフにしていたか、犯人が持ち去ったiPhoneをこわしたか。最後の場合、犯人は玲奈の知り合いで、iPhoneにそれを示唆する情報が入っていたのかもしれない。

iPhoneは見つかったものの、こわれて動かない可能性もあるか。その場合は、犯人が自分につながる情報を隠蔽するためこわしたとも、物取りが金目のものを物色する際、落としてこわれたとも考えられる。

撮影を終えた菱田さんは、再びディスプレイに目を落として言った。

「朝倉さんからのメッセージに、今朝まで気づかなかったようですね」

「はい。昨日は飲み会でしたし、すぐ未読が溜まってしまいますから」

「どこで誰と飲んでいたか教えてもらっても？」

「渋谷の駅ビルに入っている『ノビージョ』という居酒屋で、バイト先の人たちと一緒でした」

「バイト先の名前は？」

「オレンジバースです」

「ああ、ゲームだかなにかをつくってる会社ですよね」

菱田さんは関心なさそうに受け流したが、橋本さんは興奮気味に言った。

「オレンジバースはゲームだけじゃない、ほかにもいろいろやってるんですよ、菱田さん。そんなところでバイトしてるなんて、守矢さんはすごいですね！」

「ありがとうございます」

わたし自身はなにもすごくないのだけれど、無難にお礼を言っておく。

オレンジバースは、今年で創業一〇周年を迎えたIT企業だ。社員数は二〇〇名弱でまだ大規模とは言えないが、ゲームやマンガなどのアプリのほか、各種ウェブサービスの運営で大きな成功を収めていて、「将来は世界で勝負できる」という呼び声も高い。わたしは先輩の紹介で、一年生のときから原則週二回、忙しいときは連日SEの補助でこの会社に通っている。まだまだベンチャー気質が残っていて、学生の意見も積極的に聞き入れてくれるので働き甲斐がある。

ちなみに「卒業後も来てほしい」と言われ、既に事実上の内定をもらっている。

「商学部って、慶秀大学の中でも特に偏差値が高いんですよね。そこに通ってる上に、オレンジバースでバイトしてるなんて。本当にすごいなあ」

「それほどでもないですよ」

今度は無難に謙遜すると、菱田さんはやはり関心なさそうなまま、わたしに言った。

「念のため、本当に飲み会だったか、バイト先の人たちに確認させてもらうかもしれません。ところで守矢さんは、朝倉さんとそれほどLINEをやり取りしてなかったようですね」

「そうですね」

夏休み真っただ中の八月、玲奈からヤシの木の写真と一緒に〈宮崎に帰省中です〉というメッセージが送られてきた。わたしはそれに「楽しんで」と書かれた旗を振る猫のキャラクターのスタンプを返した。昨夜のLINEは、それ以来のものだ。大学に入学してからの二年半、玲奈とLINEでやり取りしたペースは平均すれば二、三ヵ月に一回程度だと思う。

「朝倉さんとは、あまり親しくなかったのかな？」

「昔は、いつも一緒でしたけど」

玲奈とは、宮崎に引っ越した後も連絡を取り合うのだと当たり前のように思っていた。引っ越しの三日前、二人で泣きじゃくった後は、その思いがより強くなった。

でも中学生になって剣道部に入ると、わたしはそちらに時間を取られるようになった。最後の大会が終わったら、すぐに高校受験。高校に入ったら、弓道部と新しい友だちに夢中。そのうちに、連絡を取るどころか、玲奈を思い出すことすら減っていた。もちろん、玲奈が特別な存在であることに変わりはなくて、電話で話すことも時折あった。慶秀大学に合格したと聞いたときはうれしくて、引っ越してきたらすぐに会おうと約束もした。

でもなかなか都合が合わなくて実現できず、たまにキャンパスで立ち話をするだけの関係が続くうちに、時間がすぎていった。あんなに仲がよかったのだからいつでももとの関係に戻れるはずだったのに、気がつけば誘いづらくなっていた。玲奈の方も、同じだったと思う。

だからわたしは、最近の玲奈について知らない。そのことを話すと、菱田さんは目を眇(すが)めた。

「では、朝倉さんが君になにを相談しようとしていたのか、心当たりはない？」

「ありません。ただ、玲奈は人に気を遣って、弱音を吐いたり、悩みを打ち明けたりすることができないタイプでした」

宮崎に引っ越す三日前のことを話す。もちろん、二人だけの秘密——抱き合って泣きじゃくったことには触れないで。

わたしの話を聞き終えた菱田さんは、表情を変えずに言った。

「君が知っているのは、一〇年前の朝倉さんだ。いまは変わっているかもしれない。久しぶりに会おうとか遊ぼうとか、そういう気軽な相談をしようとしただけかもしれない」

「そんなことなら、わざわざ電話で話そうとしませんよ。それに、玲奈が簡単に変わるはずないんです」

説得力がないことは承知している。それでも、ん、としか返事をしなかったあのときの玲奈を思うと、確信を持って言えた。

「人に簡単に相談できない玲奈が、わたしを頼ってきたんです。よほどのことがあったとしか思えない。そのことが、事件に関係している可能性もある。調べる価値はあるはずです」

「もちろん調べますよ。貴重な情報、ありがとうございました。では、これで。追加で訊きたいことが出てくるかもしれないので、帰る前に連絡先を教えてください」

菱田さんは口調こそ丁寧だけれど、露骨に話を打ち切りにかかった。わたしは左手で毛先をつまんで気を落ち着かせてから、スマホの番号を教える。


冷たい空気に当たりたくて、帰りは歩くことにした。地図アプリで道順を確認し、大倉山駅へと向かう。菱田さんの最後の態度には言いたいこともあるけれど、わたしにできることはもうなくなった。あとは警察に任せておけばいい——そのはずなのに、どうしても考えてしまう。

わたしが玲奈のＬＩＮＥにすぐ気づいていたらどうなっていただろう、と。

未読がすぐ溜まるから、メッセージを見落とすことは珍しくない。特に昨夜は飲み会でかなり酔っていたから気づかなくても仕方なかったと、頭ではわかっているのに。

通り魔による無差別殺人なら、玲奈が相談したかったことと事件は無関係ということになる。でも「わたしにはどうしようもないことでも話して」と言ってから一〇年以上経って、初めて玲奈が頼ってくれたその日に無差別殺人の犠牲になる、などという偶然があるだろうか。

やっぱり玲奈は、わたしに相談したかったことが原因で殺されたんじゃないか。たった一人で悩んだ末に、「わたしにはどうしようもないこと」だけれど構わず頼ろうとした矢先に——小さくてあたたかな玲奈の感触が、まるでいま触れているかのように両手に蘇った。同時に、前触れなく視界が滲む。慌てて左手で両目を拭い、顔を上げた。空は今朝と変わらず、鉛色の雲に塞がれたままだ。それを見ているうちに、この一言が意識することなく唇から放たれた。

「玲奈を殺した犯人は、わたしが捕まえる」

自分がこんな子どもっぽい発想をする人間だったことに驚き、息を呑んでしまう。でも、玲奈のためなんだ。

少しくらい子どもっぽくても構わない。

わたしにしかできないことがあるとも思う。

玲奈は人に相談できないタイプだから、悩みを周りに上手に隠していたはずだ。警察が調べても、わたしになにを相談しようとしていたか突きとめられないかもしれない。玲奈にとって相談するということがどれほど大変なことかわからず、事件と無関係と判断するかもしれない。

そうなったら真相にたどり着けるのは、わたしだけだ。

まずは玲奈が、わたしになにを相談したかったのかを解き明かそう。伝手をたどって、玲奈の友だちに最近の様子を聞いてみよう。

場合によっては、玲奈のゼミの先生——葛葉智人にも話を聞きたい。うちの大学で一番有名な先生だ。専攻は、犯罪社会学。わかりやすい文章で、専門書としては異例のベストセラーを連発している。いまは自分の研究に集中しているそうだけれど、何年か前まではコメンテーターとしてテレビにもよく出ていた。

いつだか会ったとき、玲奈は「葛葉先生のゼミに入れた」と、はしゃいでいたっけ。

□□□□

リビングのソファに腰を下ろした葛葉は、タブレットPCで朝倉玲奈に関するニュースをチェックしていた。そろそろ三時間になる。職業柄ニュースを見ることは多いが、一度も立たず、水分も取らずこれだけの時間チェックし続けることはさすがに珍しい。

注目すべき情報はない。死体が発見されてまだ半日も経っていないのだから当然か。

現状、警察が、犯人――即ち自分につながる手がかりをつかんでいる様子もない。

葛葉がタブレットPCの電源ボタンを押すと、消灯したディスプレイが黒い鏡面と化した。ぼんやり映り込む顔を見たくなくて、目を閉じる。その途端、瞼の裏に昨夜の光景が蘇る。

アパートへの近道になるのであの小道をよく使うという話は、朝倉本人の口から聞いていた。付近に防犯カメラがないことは確認済みだし、人が通ることも少ないようだ。殺すにはうってつけの場所だと思って足を運んだ。木陰に身を潜めていると、夜とはこんなに暗いものだったのかといまさらながら気づいた。

朝倉の話を総合すると、土曜の夜はバイト帰りの一〇時ころ、ここを通るはず。なのに時間をすぎても、朝倉は姿を見せなかった。一〇時半になるころには、日を改めるべきかと思った。

その矢先、小柄な女性――朝倉玲奈が、視界に飛び込んできたのだ。

唇が歪むのを自覚しながら息を殺す。朝倉が、誰かがいるなどとは想像もしていないような足取りで目の前を通りすぎていく。

その瞬間、木陰から飛び出して背後に真っ直ぐ立ち、朝倉の背中にナイフを突き刺した。

朝倉は全身をびくりとのけ反らせると、ゆっくり背後を振り返った。ただでさえ大きな双眸をさらに大きくし、眼前にある顔をまじまじと見つめる。

「どうして……あ、葛葉先せ、い……お、お……こ……」

唇をわななかせなにか言おうとした朝倉だったが、言葉にならない。それでも最後の力を振り絞るようにして、こう呟いた。

「ご――ごめんなさい」

直後、両膝をついてうつ伏せに倒れると、そのままぴくりとも動かなくなった。木々がつくる影が、小柄な体躯の方々に落ちる。

まるで、闇に蝕まれたよう。

この女にふさわしい死に様だ。最後の一言を耳にしたせいで、余計にそう思う。

なぜ自分が殺されなければならなかったのか、朝倉に理解できたはずがない。とりあえず謝れば許してもらえるとでも思ったのだろう。甘やかされて育った女に特有の思考だ。

警察に余計な情報を与えたくないのでスマホを持ち去りたいところだが、朝倉が使っているのは、電源を切っていても位置情報を取得できるタイプのｉＰｈｏｎｅだ。この場でこわす必要がある。生真面目な朝倉のことだから、パソコンやクラウドに取ったスマホのバックアップにはパスワードをかけているはず。警察でも簡単には復元できまい。

朝倉のバッグからスマホを取り出すと、ハンカチに包んで破片が飛び散らないようにしてから、用意した金槌で何度もたたいた。完全に動かなくなったことを確認してからバッグに戻す。

朝倉が向かっていた方向にこの小道を抜けて少し歩くと、交通量がそれなりにある車道が通っている。金目のものを抜いた朝倉のバッグをそこに置いておけば、夜間なので気づかずにバッグを轢く車が続出するはず。これで警察は、犯人が自らの手でスマホをこわしたのか、車道に捨てたのがたまたま轢かれてこわれたのかわからなくなる。

朝倉に恨みを持つ者の犯行か、物取りの犯行か判断できなくなるということ。

警察が電話会社に問い合わせれば、スマホがこわれていても最後に取得された位置情報は確認できるかもしれない。しかしスマホの位置情報は、数センチ単位で取得されるわけではない。車道と緯度経度が多少ずれていても充分ごまかせる。

見落としたものはないか、立ち去る前にスマホのライトで足許を照らしていると、朝倉の首に巻かれたネックレスが目に留まった。銀色の鎖が、自己主張するようにライトを反射している。早くこの場から離れた方がいいことは承知しながら、動けない。

迷ったが、それも持ち帰ることにした。

目撃されることなくバッグを車道に捨てて家路をたどる間は、鼓動が加速し続けた。そのくせ人目を避けて裏口から家に入ったときは、誰かに「お帰りなさい」と最後に言われたのはいつだろうという感傷が込み上げてきた。さすがに真っ当な精神状態ではなかったということか。

しかしいまの心は、驚くほど安らかだ。もう朝倉はいないのかと思うと、このまま眠りに落ちてしまいそうなほど——。

スマホの着信音で我に返り、目を開けた。またマスコミからだろうか。葛葉は五年ほど前まで、テレビにコメンテーターとして頻繁に出演していた。その関係で、朝倉が教え子であることを嗅ぎつけた連中が事件に関するコメントを取ろうと躍起だ。その度に葛葉は「大変なショックを受けているので、取材はご遠慮ください」と沈痛な声で返している。

未だマスコミの上層部とコネがあるから、一言伝えれば取材を一斉にとめられるだろう。

しかし電話をかけてきたのは、人文学部長の松井正志だった。葛葉が残した不在着信を見て、折り返してきたか。応答をタップした葛葉は挨拶もそこそこに、朝倉に関する話をする。

□□□□

一〇月二五日の午後四時すぎ。今日の講義を終えたわたしは商学部棟を出て、人文学部棟に向かっていた。正門から真っ直ぐ伸びる銀杏並木を、帰途につく人たちの合間を縫うようにしながら歩く。ここの銀杏が黄葉してキャンパスが金色に染まるのは、毎年一一月の終わりころ。この時期は、まだ青々とした葉に黄色が薄く混じっているだけだ。

昨日はあれから、玲奈と仲がいいという友だちと電話で話すことができた。わたしが玲奈の幼なじみで、子どものころ、玲奈のおかげで友だちができたことを話すと、〈そういう関係なら私より辛いよね〉と呟いて泣き出したので、わたしの方も鼻がつんとした。

でも、犯人を捕まえたいことと玲奈から来た最後のＬＩＮＥのことを話し、事件と関係あると思うので「相談したいこと」に心当たりはないか訊ねた途端、〈最近はあんまり一緒にいなかったから〉〈お互い忙しかったから〉などとよそよそしくなり、逃げるように電話を切られてしまった。今日、直接話を聞くことができた社会学科の女子学生二人にも似たような反応をされた。玲奈は孤立していたのだろうか？　そのことが、わたしに相談したかったことと関係しているのだろうか？　まだ答えは出せない。いまのところ、手がかりはゼロだ。

　これから葛葉先生の研究室に行くつもりだけれど、目ぼしい話が聞けるかどうか。「朝倉さんは、葛葉先生とよく話をしていた」と言っている人がいたから、期待したいところだけれど。

　キャンパスの中には、学生に声をかける社会人らしい人が何人かいた。大学関係者以外も自由に出入りできるから、玲奈の事件を取材するマスコミに違いない。

「昨日から随分と朝倉さんの話を聞いて回ってるらしいね、守矢」

　喧騒（けんそう）の中、前方から声が飛んできた。抑揚のない口調で、前置きなくこんなことを言う知り合いは一人しかいない。

「久しぶり、相模（さがみ）くん」

　顔を向けながら言うと、相模恭志郎（きょうしろう）くんは右手を軽く上げ、わたしの目の前まで来た。男性にしては背が低いので、顔の位置はほとんど同じだ。

「なんで相模くんが、わたしが玲奈の話を聞いていることを……あ、そうか。相模くんも人文（じんぶん）学部の社会学科だったね」

　玲奈の話を聞きたいなら、真っ先にこの人に連絡するべきだった。社会学科の学生数は一学年につき三〇人ほどらしいから、わたしの行動が伝わったのだろう。

「忘れてたのか。相変わらず、しっかりしているようで抜けてるな」

「そんなこと言うのはミス研の人たちだけだよ」

苦笑いするしかない。相模くんとは、ミス研ことミステリー研究会で一緒だった。相模くんが入会してきたのは、二年生の夏休み明けだ。大学では運動系のサークル以外に入りたかったわたしは、同じ学科の友だちに「会員不足だからお願い！」と頼まれて入っただけで、バイトが忙しくなったら退会した。それが三年生になる少し前。相模くんと重なっていた期間は半年ほどだから、社会学科だったことを忘れていた……と説明しても、きっと受け入れてもらえない。

わたしがダイイング・メッセージのことを、ダイニング・メッセージだと思っていたせいだ。

慶秀大学のミス研は、八月と三月の年二回、会員の短編小説をまとめた会誌を発行している。ミステリーのネタなんて思いつかないわたしは、毎回原稿を集める係をしていた。書ける人たちのことを、本気で尊敬していた。だから相模くんが「現場にダイイング・メッセージが大量に残されていたのは、自殺を他殺に偽装するためだった」という小説を寄稿すると聞いて、「食事のメッセージがたくさんあったということは、死んだ人はグルメだったの？」と率直な疑問を口にしたのは、純粋に好奇心と疑問を抱いたからだった。

これがサークル棟のほかの部屋に聞こえるくらいの大爆笑を招き、わたしはミス研で「一見しっかりしているのに抜けてるキャラ」が定着してしまったのだ。

「ミス研以外の連中は、守矢のことをわかってないだけだ」

相模くんは、にこりともせずに続ける。

「守矢は朝倉さんと幼なじみで、事件の前に相談したいことがあるとＬＩＮＥが送られてきたらしいね。なんの相談だったかわからなくて、気になってるらしいね。でも、最近は朝倉さんとそんなに仲よくなかったんだろう。なのに調べ回ってるから、よくない印象を持ってる人もいるよ。少し自重した方がいい。事件現場を見に行った友だちに、野次馬根性を発揮していろいろ訊いた俺が言うのもなんだけど」

「相模くんに、そんな根性があるんだ」

「人並み以上にね。自分で現場に行こうとは思わなかったけど」

無表情に言われても説得力がないし、本当に人並み以上に野次馬根性があるなら自分で現場に行っていると思う。

ただ、相模くんが住んでいるのは、キャンパス内にある学生寮だ。事件現場までは歩いて二〇分以上かかる。わたしは大学までそれくらいの時間を歩いて通っているけれど（坂が多いので自転車は使っていない）、歩き慣れていない人には気軽に行ける距離ではないのかもしれない。

「ご忠告ありがとう。でも誰にどう思われても、玲奈のためなら構わない」

「じゃあ、まだ調べるつもりか。訊かれる前に言っておくと、俺は朝倉さんとゼミも同じだったけど個人的な話はしたことがないから、君になにを相談しようとしていたかわからないよ」

ゼミまで一緒だったのか。いくら個人的な話をしたことがなくても、なにも感じていないはずない。なんと言っていいかわからないでいると、相模くんは表情を変えないまま言った。

「当然ショックは受けてる。でも、気を遣ってもらわなくてもいい」

「……わかった。なら教えてほしいんだけど、玲奈が周りから孤立してたとか無視されてたとか、そういうことはなかった？」

「俺は学科やゼミの連中とあんまりつるんでないから、よくわからない。ただ、朝倉さんと話す人たちの態度が、なんとなくよそよそしい気はしていた」

やはり、なにかがあったことは間違いなさそうだ。

「玲奈の研究テーマはなんだったの？」

「『ライフステージにおける社会問題との向き合い方の変遷』だったかな」

「事件と関係あるかわからないけれど、発表や論文のコピーがあるなら後で見せてほしい」

「わかった。メールで送るよ」

「ちなみに、相模くんの研究テーマは？」

「『現代社会のスティグマ』」

スティグマとは、アメリカの社会学者ゴフマンが提唱した、ある特徴や属性を持つ人々への偏見・差別のことだ。例として「生活保護を受けている人は怠惰(たいだ)」「鬱(うつ)病になる人は甘ったれ」などがあげられる。相模くんが会誌に寄稿した小説からは、随分とかけ離れたテーマだと思う。

「守矢のことだから、葛葉先生にも話を聞くつもりなんだろう。一人で行っても――」

「恭志郎」

なにか言いかけた相模くんの名を呼んだのは、昨日、港北警察署で会った菱田さんだった。人文学部棟の方から、橋本さんと並んで歩いてくる。相模くんの顔が少し引(ひ)きつった。

「源兄(げんにい)」

「菱田さんと知り合いなの？」

わたしが訊ねると、相模くんはすぐさま無表情に戻って頷いた。

「従兄弟(いとこ)だよ。朝倉さんの事件を担当してるなら大学で会っても不思議じゃないけど、突然だったから驚いた」

従兄弟が警察官だなんてミス研にとっては恰好の話題なのに、初めて聞いた。

「守矢こそ、なんで源兄を知ってるんだ？」

「昨日、警察に玲奈のＬＩＮＥのことを伝えにいったとき会ったの」

話している間に、菱田さんたちが傍に来た。長身の菱田さんが、小柄な相模くんを見下ろす形になる。体格が違いすぎるので気づかなかったけれど、向かい合う横顔を見ると、愛想のないところがそっくりだった。高い鼻と薄い唇も、似てなくもない。

「恭志郎は、守矢さんと知り合いだったのか」

「守矢がやめるまで、ミス研で一緒だった」

「お前がミス研に入ってることも知らなかったよ。飲みに誘っても来てくれないから、もう四、五年会ってないもんな」

「二年半前に会ってるよ。俺が大学に入る前、栃木の実家で」

「どっちみち久しぶりか。なつかしいな」

「そうだね。なつかしい」

二人とも表情を変えずに話すので、全然感慨深そうじゃない。橋本さんも当惑気味だ。菱田さんが、わたしと橋本さんの視線に気づいて言った。

「こう見えても、私が警察官になる前はよく会ってたんです」

「そうだよ。源兄は、俺の父親代わりだったから」

「せめて兄代わりと言ってくれ」

父親代わりということは、相模くんの家は母子家庭なのかもしれない。従兄弟が警察官だと言わなかったことと併せて、相模くんが自分の話をしないタイプであることを思い出した。

菱田さんはわたしに向かって、昨日以上にぶっきらぼうに言う。

「守矢さんは、朝倉さんが相談したかったことがなんだったか調べ回っているそうですね。しかも、犯人を捕まえたいのだとか。素人にそんなことできるわけない。やめていただきたい」

「すみません。でも玲奈がわたしを頼ってくれたのは初めてだから、じっとしてられないんです。これから、玲奈のゼミの先生に会いにいきます」

「葛葉先生ですか。できれば行かないでほしいですね。いま我々が話を聞いてきたばかりだ。朝倉さんが亡くなったことがショックで、マスコミには取材を自粛してもらっているらしいですし
――それじゃあ恭志郎、またな。警察が話を聞きにきたら、協力してやってくれ」

菱田さんは一方的に言うと、わたしと相模くんの反応を待たず正門の方に歩いていった。橋本さんは、慌ててそれに続く。二人の姿が遠ざかると、相模くんはわたしに目を向けた。

「源兄にああ言われても、守矢は葛葉先生に会うんだろ」

「うん。あんまり時間を取らせないように気をつけるよ。じゃあ、わたしも行くね」

「待って。さっき言いかけたけど、守矢だけで葛葉先生に会いにいっても、相手にしてもらえるかわからない。俺が仲介してやるよ」

「いいの？」

「守矢には、ミス研で世話になったから」

「ありがとう」

微笑むわたしになにも言わず、相模くんは人文学部棟に向かって歩き出す。その直前ほんのり頬が赤くなったように見えたのは気のせいだろうと思いながら、わたしも後に続く。

葛葉智人、四九歳。慶秀大学人文学部社会学科准教授の犯罪社会学者。二三歳のときに大学の同級生と授かり婚をして一女に恵まれるも、三三歳のとき離婚。独り暮らしになって以降は、それまで以上に研究に没頭するようになる。二〇代のころから著作はいくつもあったが、三六歳のとき上梓した『日本式社会における犯罪の考察』が専門書としては異例のベストセラーとなった。近年はミステリーゲームの監修も担当している――わたしが先生について知っているのは、Ｗｉｋｉｐｅｄｉａで得られそうなこういう情報だけだ。先生を実際に見かけたのだって、去年のいまごろ、キャンパスですれ違ったときくらい。

だから相模くんの申し出は、正直、助かった。

人文学部棟のつくりは、商学部棟と同じだった。床も壁も天井も白で統一され、等間隔に配置されたドアは黒。でも使っている人たちが違うせいか、見慣れているのにどこかよそよそしい。

葛葉先生の研究室は、三階の奥にあった。相模くんが、緊張の面持ちでドアをノックする。

「はい」

二音しか口にしていないのに人柄が感じ取れるような、穏やかな声が返ってきた。

「相模です。失礼します」

相模くんがドアを開けると、ラベンダー系のユニセックスな香水のにおいに鼻孔をくすぐられた。去年すれ違ったときは嗅がなかったにおいだ。

部屋の中は、整理整頓が行き届いていた。本がたくさんあるが、すべて棚にきっちり詰め込まれている。部屋の真ん中にあるローテーブルと、それを挟む二台のソファは平行に配置。奥にある机には、眼鏡をかけた男性が着いていた。やわらかな目許と、優しげな笑みを湛(たた)えた口許。声の印象から受けたとおりの外見だった。癖の強い髪はきれいに整えられ、濃紺のスーツをきっちり着こなしている。それだけに、目の下の黒いクマが痛々しかった。

相模くんが心配そうに言う。

「先生、大丈夫ですか?」

「大丈夫です。相模くんももう知っているとは思いますが、朝倉さんのことがあったから、少し参ってますがね。それより、今日はどうしました?」

「ここにいる守矢千弦が、先生にお訊ねしたいことがあるそうです」

相模くんに目で促されたわたしは、一歩前に進み出て頭を下げた。

「商学部経営学科三年の守矢千弦と申します。玲奈についてお話を聞きたくて参りました」

「——え?」

□□□□

朝倉とは幼なじみであるという守矢千弦の説明を聞いているうちに、記憶が蘇ってきた。

——この子は守矢千弦。私の幼なじみです。これは私が宮崎にいたとき、高校に入学したすぐ後に送ってもらった写真。凛(りん)としてて、かっこいいでしょ?

朝倉がそう言って葛葉に見せたスマホには、高校生と思しき少女が映っていた。

艶のある黒髪は真っ直ぐで、腰まである。スカートから伸びる脚が細く見えるのは、ニーソックスが黒いことだけが理由ではないだろう。朝倉によると、守矢が髪を伸ばし、スカートを穿くようになったのは、自分のなにげないアドバイスがきっかけだったという。

「仲よしなんですね」と葛葉が言うと、朝倉は「ええ、うん」などと口ごもった。大学生になった写真を持っていないなら最近は疎遠になっているのかと思いながら、改めてスマホを見る。

つり気味の双眸から放たれる目力が強すぎてわかりづらいが、整った顔立ちをしていた。風が強い日に撮ったらしく、前髪を左手で押さえつけている。そのポーズとシャツが白く薄手であることが相まって、胸がまるでないことがスマホのディスプレイでもはっきり見て取れた。

高校生でこれなら、大学生になったいまもたいして変わらないだろう。気がつけば、鼓動が激しくなっていた。いいなあ、胸のない女は。いい。本当にいい……。

蘇ったのは記憶だけではない、あのとき守矢に抱いた感情も――。

「先生？　どうなさいました？」

怪訝そうに呼びかける守矢に、葛葉は答える。

「失礼。朝倉さんがいなくなってしまったことが信じられなくて、昨日からついぼんやりしてしまうんです。なんの話でしたっけ？」

「亡くなる直前、玲奈はわたしに相談したいことがあるとＬＩＮＥを送ってきました。相談の内容と事件が関係していると思って、調べています。玲奈になにか悩んでいる様子はありませんでしたか――と、お訊ねしました」

守矢は滑舌よく、はきはきしゃべる。イントネーションも正確で、まるでアナウンサーのようだ。容姿に自信があるのか、朝倉に送ってきた写真もしっかりカメラ目線だったし、そういう職種を志望しているのかもしれない。朝倉のことをさぐっているのは、就職活動の自己ＰＲにでも使いたいからか。なんにせよ、ただ野次馬根性で動いているだけの小娘だ。

「気になるのはわかりますが、なぜ僕に訊くのです？」

「玲奈は、先生とよく話をしていたと聞きましたから」

「確かにそうですが、なにかと質問してくるから、いつの間にか話すようになっただけです。個人的な相談などは受けたことがありませんから、心当たりはありません。ただ、君に相談したかったことと事件は無関係だと思いますよ。朝倉さんは、誰かの恨みを買うような女性ではなさそうでしたから。犯人は通り魔に決まっています」

通り魔説は、先ほど研究室に来た刑事――菱田たちにも伝えていた。これで納得すると思ったが、守矢は食い下がってくる。

「逆恨みということもありえます」

「そうですね。でも、そういう相手にも心当たりはありません。用件がそれだけなら、もういいですか。こんな形でゼミ生を失うのは初めてで、少し疲れてます」

「もう失礼しよう、守矢」

相模恭志郎が言った。微かではあるが、葛葉やゼミ生と話すときとは声音が違う。明らかに、ほかの人には抱いていない感情を守矢に抱いている。

「そうだね――失礼しました、先生。辛いときにお時間をいただき、ありがとうございました」

守矢がソファから立ち上がる、単なるその音すらも颯爽として聞こえた。そのことをどうこう思う間もなく、質問が飛んでくる。

「先生は、玲奈のことをなんと呼んでいましたか」

「『朝倉さん』ですが」

「二人だけのときも？」

「もちろんです。なぜ、そんな質問を？」

「玲奈のことを、下の名前で呼んでいるのかと思ったからです。わたしが最初に『玲奈』と言ったとき、なんだか動揺したように見えましたから」

守矢が告げた用件に、「──え？」と声を上げたときか。葛葉自身にそのつもりはなくても、感情が滲み出てしまったのだろう。だとしても、表情の変化は微細にとどまっていたはず。それを見逃さなかったとは！

……野次馬根性で動く小娘にしては、なかなかやるじゃないか。

「誰のことかわからなくて、戸惑っただけですよ」

「そうですか」

葛葉のそつのない答えに、守矢は納得していない様子だった。葛葉は苦笑交じりに言う。

「もしかして守矢さんは、僕を疑ってるのですか？　先に言っておくと、事件があった夜は自宅に一人でいたのでアリバイはありません。さっき刑事さんにも、そう話しました。でも土曜の夜にアリバイがないことは珍しくないでしょう。守矢さんはどうなんです？」

「わたしは実家暮らしですし、一昨日は飲み会でした」

「では、相模くんは？」

「……寮暮らしだけど、その日は部屋で一人だったから、アリバイは、ありません」

相模は少し口ごもりつつ答えた。葛葉の前なので緊張しているのだろう。朝倉以外の学生は、大抵こうだ。

「だそうですよ、守矢さん。君のような人ばかりではないんです。ほかに、まだなにか？」

「いいえ、もうなにも。すみません、変なことばかり訊いてしまって」

守矢の謝罪の言葉は、とても鵜呑みにはできなかった。


守矢は葛葉と連絡先を交換してから、相模とともに帰った。研究室のドアが閉じて数秒経った後、葛葉は大きく息をつく。その音に刺激されたかのように、朝倉の存在を強く意識するようになったときのことが脳裏に蘇った。

ちょうど去年のいまごろ。ゼミで、ある女子学生の毒にも薬にもならない発表を、葛葉が「犯罪に関しては、社会を構成するすべての人が多かれ少なかれ責任を負わなくてはなりません」と無難に論評したときのことだ。

「なにか言いたいことがあるようですね、朝倉さん」

目敏く気づいた葛葉が促すと、朝倉は「え……」とかすれた声で言ったきり黙った。朝倉の声はいつも、聞き取るのが難しいほど小さい。自然、おとなしい学生という印象を抱いていた。

「言いたいことがあるなら、遠慮なくどうぞ」

葛葉に再度促された朝倉は、緊張で声を震わせながらたどたどしく言った。

「社会には……自分が生きるだけで精一杯の人もいますから……そんな人たちにまで責任を負えと言うのは、おかしいのでは……そうすることで、本当に責任を負わなくてはならない人たちが、責任を感じなくなることも……あると、思います」

「犯罪にかぎった話ではありませんが、社会で起こったことには誰もが少しでも責任を感じるべき。それが社会参加につながり、よりよい未来を生む。僕は、そう考えています」

葛葉が自身の意見を口にすると、ほぼすべての学生は黙りこむ。当然、朝倉もそうなると思ったら違った。

「ここ数年の、先生の主張……ですね。でも……でも……」

反論してくるのか？　目を丸くしているうちに、朝倉は続ける。

「おっしゃることはわかりますけど、まるで先生ご自身が自分の負うべき責任を軽くしようとしていると感じます。先生は、なにか辛いことを抱えているのではありませんか。それが主張の変化に影響しているなら、ご無理なさらない方がいいと思います」

突如、別人がしゃべり出したかのように、朝倉の言葉からたどたどしさが消えた。

「……すみません」

その後で続けられた声は、反動でいつも以上に消え入りそうだった。周囲のゼミ生たちは無言だったが、呆気に取られていることが伝わってくる。葛葉智人にこんな口をきく学生がいるとは想像もしていなかったに違いない。しかも、二年生の後期からゼミに入ったばかりの新入りが。

葛葉は、朗らかな笑い声を上げる。

「一理ありますね。僕もそろそろ五〇歳ですから、誰かと責任を分かち合いたくなったのかもしれません。これからは、無理をしないようにします」

「……すみません」

朝倉は、同じ言葉を、ますます消え入りそうな声で言っただけだった。

しかし、この後からだ。朝倉が葛葉に、積極的に質問してくるようになったのは。葛葉はごまかしたが、なにかを抱えていると察したのだろう。

思えばあのときから、朝倉を殺すのは時間の問題だった。

それが実現し、ようやく安寧を手に入れたというのに、面倒そうな女が現れた。朝倉め。守矢になにを相談するつもりだったのか知らないが、余計なことを。

「お前も朝倉のところに送ってやろうか、守矢千弦」

あの長い黒髪で首を絞めてやったら、アナウンサーのようだった守矢のしゃべり方はどうなるのだろう。スカートから伸びる細い脚は、どの方向にどれだけ力を込めればへし折れるのだろう。そのとき、どんな音を立てるのだろう。楽しい想像に、一人だけの部屋でどっぷり浸る。

□□□□

「葛葉先生相手に物怖じしないで話すなんて、さすが守矢だ」

先生の研究室を出て廊下を少し歩いたところで、相模くんは言った。

「別に感心されるようなことじゃないと思うけど」

「あの先生の前だと、みんな緊張すると言ってるんだよ」

「なんで？　本をたくさん出してるし、テレビにも出てたから？」

「それもあるけど、話していると、心を見透かされるというか、心情を読み取られるというか……うまく言えないけど、時々こわくなる。三年生になる前、俺がなにをテーマに研究したらいいか相談したときだって、『こういうテーマを調べたいんじゃないですか』と一言で言い当てられて、『現代社会のスティグマ』になったし。すごくしっくり来たけど、自分の深層心理から興味関心を引きずり出されたみたいで、少しぞっとした。そういう意味で、朝倉さんは特殊だった。先生をこわがっている様子が、全然なかった」

ぴんと来なかったけれど、葛葉先生の研究室を訪れてから相模くんが緊張しているように見えたのは、そういうわけだったのか。

「これで気が済んだろう。じゃあ、俺は用があるから。朝倉さんのレポートは、後で送る」

人文学部棟を出ると、相模くんはそう言い残し正門とは反対、寮の方へと足早に歩いていった。もしかして、用事の時間ぎりぎりまでつき合ってくれたのだろうか。それも、話すときは緊張するという先生のところに。遠ざかっていく小柄な後ろ姿に頭を下げてから、わたしは正門に向かって歩を進める。

釈然としなかった。

最初にわたしが玲奈の名前を出したとき、先生は一瞬だけれど両目を大きく見開いた。誰のことかわからなかったのではない、むしろ、誰のことかわかっていて、驚いた顔に見えた。

玲奈がわたしに相談したかったことには、葛葉先生が関係しているのかもしれない。それが事件につながったのでは？

あんなに憔悴(しょうすい)している人に、こんな疑いを持つべきでないとは思う。ただ、紳士的な対応をしておきながら、本性は全然違うような、本音ではわたしを小娘扱いしているような気がしたし……などと考えるのは、穿(うが)ちすぎだろうか。

なんにせよ、想像だけ膨らませても仕方がない。約束があるし、次の場所に行かないと。

「別人みたいになったねえ、千弦ちゃん」

おばさん――玲奈のお母さん――は、玲奈そっくりの大きな目をほんの少し細くする。顔色が青白いせいで、笑ってくれたのだとわかるまで時間がかかった。

わたしとおばさんは、玲奈のアパートの前にいた。おばさんは昨日のうちに警察から連絡を受け、おじさんと一緒に宮崎から来て玲奈と対面、本人であることを確認した。警察が玲奈の遺体を返してくれるまで数日かかるので、それまでは市内のホテルに滞在するという。

〈警察に『調べ終わったので入っていい』と言われたから、あの子の部屋に行ってみようと思うの。千弦ちゃんも来る？〉。今朝、おばさんがそう電話をくれたので、葛葉先生と話した後でここに来た。おじさんは、葬儀の手配や親戚への連絡で慌ただしく、来られないらしい。

「この度は――」

用意してきた「ご愁傷(しゅうしょう)さまでした」という言葉が、喉につっかえてしまう。おばさんは黙って頭を下げ、階段を上がった。わたしも無言で続く。

玲奈のアパートは、事件現場の小道を抜けて三分ほど歩いた坂の下にある、古い木造二階建てだった。各階に部屋は三つ。もっと大学に近いアパートに住もうとは思わなかったのだろうか。

宮崎に引っ越す前に住んでいた家の近くがよかったのだろうか。

部屋は、二階の真ん中だ。おばさんに続いて中に入る。広さは六畳ほど。全体的に物が少ないのは、警察が捜査の参考になりそうなものを持っていったからか。ただ壁際の本棚だけは、大小さまざまな本がはみ出すように入れられていた。

「玲奈は実家を出てから、この部屋で二年半すごしたんだね」

呟くおばさんは、口許こそ笑みの形をしているけれど、両目はがらんどうだった。

「こんなことになるなら首都圏の大学を受けることに、もっと必死に反対すればよかったな」

「おばさんは、玲奈に宮崎にいてほしかったんですか」

「そうだね。でも、慶秀大に合格しちゃったから」

世間で慶秀大学は、早稲田や慶應と並ぶ名門校と評されている。

「それでも私は迷ってたんだけど、玲奈が『伊織ちゃんが東京の大学に行ってるから、私も首都圏の大学に行きたい』と言い張ったの。伊織ちゃんには、千弦ちゃんも憧れてたよね」

「はい」

坂口伊織ちゃんは、近所に住んでいたわたしたちより三歳上の女性だ。彫りが深くてきれいな顔立ちをしている上に、勉強ができて、運動神経もいい。わたしや玲奈だけじゃない、同世代の女子みんなの憧れだった。隣町に引っ越してからわたしは疎遠になってしまったけれど、玲奈はずっとやり取りしていたみたいだ。

慶秀大よりさらに偏差値が高い、国内最高レベルの大学に進学したと聞いている。

「玲奈は伊織ちゃんだけじゃない、千弦ちゃんにも会いたかったんだと思う。大学に入ってすぐ千弦ちゃんと再会したときは、すごく喜んでたよ」

「その後は、あんまり会えませんでしたけどね」

「そうだったの？　玲奈と会ってなかったの？」

おばさんが驚きの声を上げる。知らなかったから、今日は声をかけてくれたのか。黙ってしまったわたしに、おばさんは慌てて言った。

「仕方ないよ。学部が違ったんだし、玲奈は顔を合わせづらかったのかもしれないし」

「どうしてです？」

「あ、聞いてなかったんだ」

おばさんが微苦笑する。

「うちね、夫（お父さん）が会社をリストラされたの。しばらく再就職先が見つからなくて、一時はちょっと大変だったんだ。玲奈にも心配をかけて、あの子は『高校をやめてもいい』とまで言っていた。幸い、知り合いの会社に拾ってもらえたんだけど、前ほどは生活に余裕がなくてね。慶秀大に行くなら、奨学金を借りてもらわないと無理だった。アパートも、大学から少し離れてるから家賃が安い、ここみたいなところにしてもらった——あ、そこまで深刻だったわけじゃないよ。ちゃんと仕送りはしてやれたし、奨学金だって満額借りてたわけじゃないんだし」

玲奈がそういう境遇だったなんて。わたしは、なにも知らなかった。

「玲奈は事件の夜、わたしに相談したいことがあるとＬＩＮＥしてきたんです。おばさんならわかると思うけど、玲奈は人に相談できないタイプでしたよね。よほどのことがあったはずなんです。心当たりはありませんか」

おばさんの方が辛いに決まっているのだから、意識して事務的な口調で訊ねる。おばさんは少し考えてから、首を横に振った。

「見当もつかない。玲奈は、一人で抱え込むところがあったから。そんな子が相談しようとしたとなると、よほどのことではなくて、逆に、それほど千弦ちゃんの負担にならないことだったのかも。でも玲奈と会ってなかったなら、そういう心当たりもないよね？」

「そうですね」

大学に入ってからもっと頻繁に会っていたら、どうなっていただろう？

玲奈と再会したのは、一年生の五月だった。場所は学食。

相変わらずちっちゃくて、一目でわかった。髪形と服装次第では、中学生でも通じたと思う。玲奈の方はすぐにはわたしだとわからず、「え？　え？」と何度も目をぱちぱちさせていた。ちょっと申し訳なく思ったのは、後になってからだった。

そのときはお互い友だちと一緒だったから一〇分も話せなくて、「今度ゆっくり会おうね」と約束した。でも振り返れば、再会した後で話した時間はこのときが一番長かったかもしれない。

キャンパスで顔を合わせれば立ち話はしたけれど、それだって全部で一〇回あるかどうか。

去年の年末に会ったときは、玲奈は学食の隅で熱心にスマホを見つめていた。横から声をかけると慌てふためいてディスプレイを両手で覆ったけれど、けばけばしいピンク色が指の隙間から垣間（かいま）見えた。

子どものころなら、あんな風に隠すことは絶対になかった。

最後に会ったのは、夏休みに入る直前の七月、大学の正門前でだ。バイトの時間が迫っていたので少し言葉を交わしただけで立ち去ろうとするわたしに、玲奈は言った。

——千弦ちゃん、いまさらな話だけど……その……。

黙ってしまったので、どうしたのか訊ねると、玲奈は続けた。

——ごめん、なんでもない。いまさらな話だけど今度ゆっくり会おうね、と言おうとしたの。

それだけのことすらすんなり口にできない関係になってしまったのかと思うと、すぐには頷けなかった——。

首を横に振り、室内を改めて見回す。カーテンやカーペット、ベッドカバーは赤系統の色でそろえられていた。青系統のわたしの部屋とは対照的だ。窓の脇には小さな鏡台があって、化粧水や香水の小瓶、日焼け止めクリーム、マニキュアなどが整然と並べられている。玲奈はメイクが薄かったけれど、種類はいろいろ持っていたようだ。

そのとき、違和感を覚えた。なんだろう？　ここにあることがそぐわない物を見たような……。

それがなにかわからないまま、本棚に目を向ける。高さは、わたしの胸許ほど。置かれた本の四分の一ほどに、濃紺のブックカバーがかけられている。全国で展開されている書店チェーン「ブックフラッグ」のカバーだ。どれもまだ新しい。なんの気なしに言う。

「玲奈は最近、ブックフラッグで本を買うようになったんですかね」

「渋谷のブックフラッグでバイトを始めたから、割引で買えたんじゃないかな。事件の夜も、ブックフラッグの帰りだったみたい」

「バイトは家庭教師だけじゃなかったんですね」

家庭教師に行く途中の玲奈と会ったこともあったっけ。渋谷なら日吉から東横線で二〇分程度だから掛け持ちのバイト先に選ぶのもわかると思ったけれど、おばさんは首を横に振った。
「家庭教師はやめたの。急だし、先方にも気に入られてたみたいだから、おばさんも驚いたよ。
それでブックフラッグで働き始めたんだけど……家庭教師の方が割がいいのに。なんでやめたの
か訊いたら、『教えるのが大変になった』とは言ってたけど……あの子はいつも、『お父さんとお
母さんにこれ以上お金のことで迷惑をかけたくない』と言っていたのに……」
おばさんは釈然としていない様子だった。わたしも、首を傾げてしまう。
どうして玲奈が家庭教師をやめたのか気になる。わたしに相談したかったことと関係があるか
もしれないから知りたい。そう言うと、おばさんは「家庭教師先に話を聞きにいっていいか確認
してあげる」と言ってくれた。伊織ちゃんもなにか知ってるかもしれないから、連絡が取れ次第、
会えないか訊いてくれるという。大変なときにいろいろお願いしてしまって心苦しかったけれど、
おばさんは「やることがあると余計なことを考えなくて助かる」と笑ってくれた。
その日のうちに、相模くんから、玲奈がゼミで発表したとき使ったレジュメやレポートがメー
ルで送られてきた。加齢や社会的地位の変遷によって、個人の社会問題への興味がどう移り変わ
るかを論じた内容で、興味深くはあったけれど、事件に関係あるとは思えなかった。
次の日、一〇月二六日の夕方。早速、玲奈の教え子に会えた。武蔵小杉のタワーマンション中
層階に住む女子中学生だった。でも「玲奈先生が死んじゃったなんて……」などと泣きながら繰
り返すばかりで、会話が成立しなかった。なんとか得られた情報は、いくら「やめないでくださ
い」と頼んでも、玲奈は「私なんかより、ずっといい先生がいるから」と頑なに言い張ってい

たということだけ。武蔵小杉には、日吉から各駅停車に乗っても五分かからず行けるし、こんなに慕われていたのだ。玲奈が家庭教師をやめた理由が、ますますわからなくなる。

　武蔵小杉に行った足で、玲奈がバイトしていた渋谷のブックフラッグにも行ってみた。でもレジで店長さんに話を聞かせてもらえないか頼んでも、顔も見せてくれなかった。仕方なく帰ろうとしたところで、棚にずらりと並んだ葛葉先生の本が目に入る。大型書店なので、ほとんどの著作がそろっているようだ。これを見たからというわけではないが、日吉に戻ると家には帰らず、慶秀大学に行った。人文学部棟の前で足をとめ、先生の研究室を見上げる。

　玲奈の死を知ってから二日。わたしの捜査はまったく進展していない。唯一手がかりになりそうなのは、葛葉先生だった。わたしが「玲奈」と口にしたときの表情が、頭から離れない。

　しばらく先生の研究室を見上げていたものの、意味がないので踵（きびす）を返しかけたときだった。

「守矢さん」

　わたしの名を口にしながら、人文学部棟から葛葉先生が出てきた。今日もスーツをきっちり着こなし、口許に穏やかな笑みを湛えている。一方で目の下のクマは昨日より黒さを増し、皮膚に染み込んだかのようだった。「こんにちは」と頭を下げるわたしに、先生は微笑む。

「昨日初めて会って、今日もばったり会うなんて。奇遇ですね」

　裏表のなさそうな口調だけれど、本当に奇遇だろうか。わたしが学部棟の前にいることに気づいて出てきたのではないだろうか。

「守矢さんは、帰るところですか」

「ええ、まあ」

「僕もです。途中までご一緒しましょう」

先生が正門に向かって歩き出す。真意は読めないが、話をするチャンスだ。薄闇に沈みかけた銀杏並木を一緒に歩く。並んでみて初めて、先生の背が高いことに気づいた。女性にしては長身のわたしでも、隣にいたら小柄に見られるかもしれない。

「昨日会いにきてくれた後で、守矢さんのことを学生からいろいろ聞きました。随分と熱心に朝倉さんのことを訊いて回っているそうですね。『探偵気取り』『野次馬根性丸出し』などと悪く言っている人もいますよ」

「はっきり言うんですね」

「そういう方が、守矢さんはお好きそうですから」

事実なので否定できないと思いながら応じる。

「相模くんにも言いましたけど、誰にどう思われようと玲奈のためなら構いません」

「たくましいですね。オレンジバースから内定をもらっていると学生が言っていましたが、それも納得です。あそこの社長は、やはり見る目があります」

「社長を知ってるんですか」

「ミステリーゲームの監修をした縁で、定期的に飲んでるんです。大学以外の人間関係は貴重ですよ。『先生と飲むと勉強になって、学生に戻った気がします』と言われているから、対等な飲み仲間だとは思われていないようですが」

葛葉先生は苦笑を挟むと、眼鏡の向こうからわたしの目を真っ直ぐ見下ろしてきた。

「ただ、いくらたくましくても、大切な幼なじみだからという理由だけで、守矢さんがここまで必死になるとは思えないんですよね。ほかにもなにかあるのではと勘ぐってしまいます。例えば、朝倉さんと二人だけの秘密の思い出があって、それを大事にしているとか。朝倉さんとは小五のときにお別れしたそうですから……そうですね。その年ごろの女の子らしく、好きな人を打ち明け合ったとか、二人きりで号泣したとか」

足がとまった。玲奈と泣きじゃくったことは、二人だけの秘密だったのに。誰かに話すのはおろか、におわせたことすらなかったのに。

相模くんが先生のことを「時々こわくなる」と言っていた意味を、身をもって理解した。すぐにまた歩を進めるわたしに、先生は頭を下げてくる。

「僕は好奇心が先に立って、つい、こんな風に相手の心に土足で踏み込むような真似をしてしまいます。こういうことだから、学生だけでなく、同僚の先生たちも僕に壁をつくっているようですね。失礼しました」

「お気になさらず」

「では、お言葉に甘えてもう一つ言わせてください。朝倉さんのためになにもできなくても、気に病むことはありません」

肩にそっと手を置くような、優しい声音だった。再び足がとまり、先生を見上げる。先生は、わたしを真っ直ぐ見下ろしたまま続ける。

「大学三年生は、法律的には大人でも、社会的にはまだ子どもです。できることにはかぎりがある。朝倉さんのためになにかしようとする君の行為は尊いですが、答えがわからなかったとしても仕方がないんです。そのことを、いますぐには理解できなくても、どうか頭の片隅にとどめておいてください」

「……ありがとうございます」

玲奈との秘密に踏み込まれたばかりなのに、胸がほんのりあたたかくなるのを感じた。


書店に寄っていくという先生と、東横線の改札前で別れた。駅ビルに消えていく縦に長い背中を見ながら考える。

玲奈を殺した犯人が、あんな言葉をかけてくれるだろうか。犯人なら、あまりに白々（しらじら）しい。先生は玲奈の相談とも、事件とも無関係。玲奈の死を純粋にかなしんでいて、わたしが「玲奈」と口にしたときも、本当に誰のことかわからなかっただけなのかもしれない。

もちろん、わたしにそう思わせることが目的で優しい言葉をかけてきたのかもしれないし、玲奈が死んで憔悴しているのだって、自分で殺しておきながらかなしむ事情——特殊な動機があるなら、話は変わってくるけれど。


一〇月二七日。玲奈がなにを相談したかったのかはわからないままで、これ以上さぐる方法も思いつかない。伊織ちゃんがなにか知っているかもしれないので連絡待ちだが、別の方向からも事件を調べた方がいいかと思案しているうちに午前中の講義が終わり、昼休みになった。同じ学科の牧原志穂子（まきはらしほこ）と学食に向かっていると、

「そう言われても話すことなんてありません！」

昼休みの喧騒を、ヒステリックな声が突き破った。声の主は、銀杏並木に置かれたベンチに座

った女子学生。一昨日、玲奈の話を聞きにいった人文学部社会学科の尾野聡美さんだ。

慶秀大学には派手な恰好をしている学生も多いけれど、尾野さんはピアスやネックレス、指輪などシルバー系のアクセサリーをたくさん身につけ、長い髪を金色に染めているので目立つ。

尾野さんの前には、ベリーショートの髪形の、背の高い女性が立っていた。

「あなたは、朝倉さんの友だちだったんですよね」

女性の声は少し高音で、アニメのヒロインのようだった。そのくせ、先回りして逃げ道を塞ぐような、不思議な圧力が込められている。尾野さんは全身が強張り、動けないでいるようだ。

わたしは志穂子に言う。

「助けに行ってくる」

「行ってらっしゃい。いざとなったら警備員を呼んであげるね」

志穂子は右手の親指を真っ直ぐに立てて、口の端をつり上げた。「事件はミステリーの中だけで充分だから、普段の生活ではトラブルを避けて生きる」が志穂子のモットーだ。こういうときですら一緒に来てくれないのはどうかと思うけれど、なんだか憎めないから一緒に行動することが多い。ミス研にも、志穂子に頼まれて入会した。

「朝倉さんの友だちなら、話せることが一つや二つあると思うんですよ。なのに、『なにもない』というのは引っかかります。話したくないか、話せないことがあるのでは？」

「その辺にしてあげてください。尾野さんが困ってます」

わたしが割って入ると、女性は露骨に顔をしかめたが、すぐに微笑んだ。

「すみませんけど、取材中なんです」

「そんな強引な取材をしていたら、ネットで炎上しますよ」

女性に反論される前に、わたしは尾野さんに言う。

「あとは任せて」

「でも……」

「大丈夫だから」

笑ってみせると、尾野さんは申し訳なさそうにしつつ頷き、人文学部棟の方へと逃げるように去っていった。意外と広い肩幅は、人込みに紛れてすぐ見えなくなる。

女性と向かい合う。わたしよりも、さらに背が高かった。同性に見下ろされることはあまりないので少し身構えてしまったけれど、女性は深々と頭を下げてきた。

「お騒がせして申し訳ありません。今日からやっと事件の取材を始めたから、少し焦っていたみたいです。申し遅れましたが、私はこういうものです」

尾野さんに対する姿とは別人のようにおずおずと差し出された名刺には「東経新聞記者　土用下報子」と書かれていた。首都圏では名の知られた新聞だ。両手で名刺を受け取ったわたしは「守矢千弦です」と名乗って続ける。

「下のお名前も珍しいですけど、『土用下』という名字は初めて見ました」

「金沢の方にある名字なんです。同じ人はなかなかいないから気に入ってます」

土用下さんは、ほめられた子どものように顔をほころばせる。

「守矢さんは、さっきの女性と知り合いなんですよね。朝倉玲奈さんのことも知ってます？」

「幼なじみです。最近は、あまり会ってませんでしたけど」

勝手なことを書かれたくないので、無難な答えを返す。幼なじみと聞いて身を乗り出しかけた土用下さんだったが、「最近は会ってなかったんですか」と呟くと肩を落とした。

「でしたら、朝倉さんの噂（うわさ）について訊かれても困りますよね」

「噂って？」

「いえ、たいしたことでは。なにかあったら、名刺の番号に電話をください。些細（ささい）な情報でも構いません」

土用下さんが正門の方へと、足早に歩いていく。幼なじみのわたしに、子どものころの玲奈について訊いてくると思ったのに。ひょっとして……。

「大丈夫？　いまの人になにか言われたの？」

傍に来た志穂子が、気遣わしげに見上げてくる。急いで笑顔をつくったわたしは「大丈夫。でも、ちょっと用事を思い出した」と嘘をつき、尾野さんを追って人文学部棟に向かう。

ある可能性に、思い至っていた。

土用下さんは最近の玲奈に関して、よくない噂をつかんだのではないか。迂闊（うかつ）に人に話すことではないから、玲奈と疎遠になっていたわたしになにも訊かず去ったのではないか。その噂のせいで、最近の玲奈について訊ねるとよそよそしくなる人ばかりだったのではないか。

噂の出所には、尾野さんが関係している。だから土用下さんは、詰問するように迫っていた……。

番号を交換してあるので見つからなかったら電話をかけるつもりだったけれど、尾野さんは人文学部棟の一階で掲示板を眺めていた。わたしに気づくと、ばつが悪そうに目を逸らしながらも頭を下げる。

「さっきはどうも」

「いいよ。それより、聞いてほしいことがあるの」

周りに人がいるので外に出てから自分の考えを伝えると、尾野さんは俯いた。わたしは、きつい口調にならないように気をつけながら言う。

「知ってることがあるなら教えて」

「……わかったよ。守矢さんには、助けてもらったから」

尾野さんは、意を決したように話し出す。

去年の年末、尾野さんが当時つき合っていたカレシと渋谷の道玄坂にあるカラオケに行ったときのこと。風俗店の並ぶ路地から出てくる玲奈を見かけた。道に迷って立ち入るような場所ではない。仕事で行ったとしか思えない。玲奈は奨学金を借りているけれど、仕送りはしてもらってるし、ちゃんと生活はできているはず。だから「遊ぶ金ほしさに風俗でもしてたんじゃないか?」と、カレシがおもしろ半分に周りに吹聴した。尾野さんは誰も本気にしないと思ってとめなかったが、気がつけばたくさんの人に知れ渡っていた――。


「教えてくれてありがとう」

なんとかそれだけ言って尾野さんと別れたわたしは、駆けるように人文学部棟に入ると、目についた個室トイレに飛び込んだ。壁にもたれて気を落ち着かせてから、スマホを取り出す。玲奈が風俗嬢をするなんてありえないと思う一方で、確かめたいことがあった。

去年の年末、わたしが学食で声をかけたとき、玲奈はスマホを両手で覆った。尾野さんの話を聞いているうちに、あのとき指の隙間から見えた文字を思い出したのだ。

それは「ランド」と「渋谷」。これと、風俗街から出てきたという話を合わせると――。

渋谷にある「ランド」と名前がつく風俗店を検索する。いろいろなタイプの風俗店があるらしく少し時間がかかったが、該当する店のサイトを見つけた。

店名は「AAランド」。基調色は、けばけばしいピンク。両手でスマホを覆うと、指の隙間から「ランド」と「渋谷」の文字が見えた。玲奈が見ていたのは、このサイトに間違いない。下の方にスクロールすると、露出の多い服を着て、胸の谷間を強調した女性の写真がいくつも掲載されていた。「スタッフ随時募集中！　ソフトなサービスを提供するお店だから初心者でも安心して稼げるよ！」と、能天気そうなフォントで書かれてもいる。

玲奈は、この店で働いていた？


午後の講義をサボったわたしは、渋谷の道玄坂にある風俗街を歩いていた。

いきなりAAランドに行ったところで、ブックフラッグの店長と同じく相手にしてくれないだろう。だめもとでスタッフ募集のページから、自分が玲奈の幼なじみであることと、玲奈が事件に遭ったことを伝えた上で、「彼女が風俗で働いていたという噂が流れている。貴店のサイトを見ていたけれど、信じられないのでなにか知っていたら教えてほしい」という趣旨のメールを送った。すると一〇分もしないうちに、こんな返事が来た。

〈ご連絡ありがとうございます。本日の午後三時に店舗に直接お越しください。お会いできるの

を楽しみにしております！〉

明らかに定型文だし、わたしの予定も確認せず一方的に、急に日時を指定されたことが気になったけれど仕方がない。玲奈のおばさんから連絡が来て、今日の夕方、道玄坂にあるカフェで伊織ちゃんに会えることになったから好都合とも言える。

そう思って来たけれど、風俗街（こんなところ）に足を踏み入れるのは初めてで、背中にうっすら汗が滲んでいた。夜は競い合うように光を放つに違いない看板がすべて消灯していて、路地全体が昼寝——子どものように健全ではなく、二日酔いが原因の気怠（けだる）い昼寝——をしているような空気が蔓延（まんえん）している。なにをしているのか、蛍光色じみた生地のスーツを着た男性が数人で固まって、ところどころに立っている。その前を通る度に、じろじろ眺め回された。

無視して進んでいると、後ろから「お高くとまってんじゃねえ！」という声が飛んできた。反射的に振り返る。声音と言葉遣いから男性だと思ったけれど、視線の先にいたのはふりふりのたくさんついたドレスを着た、黒髪ロングの女性だった。こんな時間から酔っているのか、目が合っても同じ語調でなにか捲（まく）し立ててくる。聞こえないふりをして、その場を離れた。

ＡＡランドは、それから少し歩いたところに立つビルの一階にあった。入口の看板がきれいなので一見わからないけれど、建物は相当古い。受付で、よれた黒シャツを着た、ぼんやりした顔つきの若い男性に用件を告げる。男性は無言で奥に引っ込み、すぐ戻ってきた。

「どうぞ」

見た目から受けた印象どおりのやる気のなさそうな声に促され、一緒に狭くて暗い通路を歩く。その先には、建物の外観からは意外なほど広く、きれいな部屋があった。ピンク色のやわらかそうな絨毯(じゅうたん)が敷かれ、横に長いソファが二つ、座り心地(ごこち)のよさそうな椅子が三つある。大きいテーブルのほか、テレビやゲーム機まで用意されていた。

通されたのは、さらにその先にある、狭くて物がごちゃごちゃ置かれたバックヤードだった。隣の部屋との落差が激しい。

わたしが入ると、ノートパソコンに向かっていた中年男性が顔を上げた。服装は、グレーのスーツ。ネクタイもきっちり締めていて、この場所との組み合わせにちぐはぐな印象を受ける。

「ようこそ。店舗責任者の大城(おおしろ)です」

「守矢です」

戸惑いを隠して頭を下げると、大城さんはいきなり言った。

「スマホを出して。盗撮とか盗聴系のアプリを入れてないともかぎりませんから」

「そんなものは——」

「個人情報の類いは見ないから。できないなら、お帰りください」

やむなくロックを解除し、スマホを手渡した。大城さんは背面に描かれた林檎(りんご)マークを一瞥(いちべつ)してから、人差し指でスマホを操作し始める。

「その手のアプリはなさそうですね。ｉＰｈｏｎｅだから、知らないうちに入れられてる可能性も低い。安物のＡｎｄｒｏｉｄだとセキュリティーが緩いから面倒ですが、手間が省けた」

大城さんがスマホを差し出してくる。受け取ったわたしは一礼して大城さんの向かいの椅子に腰を下ろそうとしたけれど、手で制された。

「真っ直ぐ立って」

訳がわからないまま言われたとおりにすると、大城さんはわたしの頭頂から爪先まで眺め回した末に、無遠慮に胸に目を向けてきた。

「全体的に少年っぽく見えるけど、決定的なのはそこのせいですね。それくらいのサイズが好きな客もいるけど、さすがに——ああ、先に説明をしなくてはいけませんね。この度はお申し込みありがとうございます。あなたはまじめそうだから知らないかもしれませんが、最近の風俗店は、客が指定した場所にスタッフが行ってサービスを提供するデリヘル型がほとんどです。当店もこれに当たります。いま通ってきてもらった部屋が、待機所。風俗嬢の数はどんどん増えてますから競争は激しいです。あなたは若いし、見た目も悪くないから一度か二度は指名が入るでしょうが、常連客がつくかどうかはコミュニケーション力次第。お茶を引く——指名が入らない日が続くようであれば、やめてもらいます。それと、うちは客に本番はやらせないことになってますが、護身のため最低限の——」

「ま……待ってください」

スタッフ志望者だと誤解されていることにはすぐ気づいたけれど、流れ出てくる言葉に口を挟めず、やっと声を上げた。送ったメールの内容を繰り返すと、大城さんは舌打ちした。

「面接じゃなかったのか。この忙しいのに。羽田(はた)、お帰りいただいて」

わたしのメールをちゃんと読まなかったことを棚に上げ、大城さんは隣の部屋に不機嫌そうに呼びかけた。ここまで案内してくれた男性——羽田さんが入ってくる。先ほどと同じくぼんやりした顔つきだけれど、目の前に立たれると威圧感がものすごかった。身体が強張ってしまうわたしに、羽田さんは告げる。

「聞いただろう。さっさと帰るんだ。探偵ごっこは余所でやりな」

「探偵ごっこでもなんでも、玲奈のことを知りたいんです。メールで、そうお伝え――」

「俺がなにもしないと思ってんの？　ネットに曝されたら人生が終わるような動画を撮られて、泣き寝入りしている女だっているんだぜ。撮ってほしいなら、いくらでも相手してやるけどさ」

顔つき同様、羽田さんの声音もやる気がなさそうなままだ。そのせいで言葉の意味をすぐには理解できなかった。でも理解してから、身体が震え出した。

「なに？　こわいの？　気の強そうな顔をしてても所詮はお嬢ちゃんだな。見逃してやるから、さっさと帰りな」

羽田さんがせせら笑うと、大城さんも一緒になって笑った。男性二人の笑い声が小部屋に鳴り響く。いますぐ踵を返したくなる。でも、

――玲奈は最期の瞬間、もっと辛くてこわくて絶望的な思いをしたに違いないんだ。

そう思うと、少しだけ震えが鎮まった。その拍子に、羽田さんの言葉の矛盾に気づく。頭の中ですばやく考えを巡らせ、間違いないと判断する。

「あんたたちみたいな人を相手にして、こわくないわけないでしょ！」

声を上ずらせながらも、わたしはぴしゃりと言った。大城さんと羽田さんの笑い声がとまる。

「こっちは普通の大学生なんだから。いますぐ逃げ出したいよ。でも、玲奈のためなの。わたしは、あの子になにがあったのか知り……知りた……い、の！」

声はますます上ずり、最後には口ごもってしまった。情けない。

でも羽田さんの眉は、徐々につり上がっていった。

「小娘が、なに生意気なことを言って――」

「もういいです、羽田。この子は、純粋に友だちのためを思って来たようです。その気持ちには応えてやりましょう」

「……大城さんが、それでいいなら」

羽田さんが唇を尖(とが)らせながらもバックヤードから出ていくと、大城さんは軽く頭を下げた。

「失礼しました。羽田の話は冗談ですからね。ＮＰＯ法人やら人権保護団体やらが『女性に風俗をやらせるのはけしからん』なんて正義漢面(づら)して乗り込んでくることがあるから、面倒な相手はからかって追い返すことにしているだけです。たまに警察に駆け込まれることもありますが、刑事たちは冗談だとわかってるから適当に流してくれます」

嘘ではないだろう。本当に羽田さんが言ったとおりのことをしているなら、それを知ったわたしになにもせず帰すはずがない。そう判断したから、強気な態度に出られたのだ。

「朝倉玲奈さんのことを話せばいいんですね。一昨日、警察も彼女の話を聞きに来ましたよ」

一昨日なら、遺体が発見された翌日だ。その時点でもう警察は、玲奈が風俗街から出てきた噂をつかんでいたのか。

「それで……玲奈は、どうだったんですか」

「うちに面接に来ましたよ。去年の年末のことです」

思い切って訊ねたわたしに、大城さんはあっさり答えた。覚悟していたはずなのに、ショックで身体がよろけかける。

「志望動機を訊いたら、とにかく金を稼ぎたいと言ってました。そういう子は珍しくありませんが、メイクは薄いし、香水もつけてない。見た目はなかなかでしたが、地味でコミュ力が低そうでした。先ほど言ったとおり、そういう子に常連はつかない。デリヘルの内容を教えたら『全然軽いサービスじゃない』と怯(おび)えていたし、やめた方がいいとアドバイスしました」

「不採用だったということですか」

「積極的に採用するつもりはない、といったところです。当店は、女の子なら誰彼構わず採用するような店ではありませんから。理解してもらうつもりはありませんが、これでも女性の幸せを真剣に考えてるんです。そうでなかったら、あんな立派な待機所は用意してませんよ」

誇らしげに胸を張られても、なんと言っていいかわからない。

「それでも朝倉さんはうちで働こうか迷っていたから、少し考えるように言って帰しました。それから一週間ほど経ったころでしょうか、律義にも『そちらで働くのはやめました』とお詫(わ)びの電話をかけてきたんです。『冷静になって、自分には風俗店勤務が向いてないとも思いました。とめてくださり、ありがとうございました』なんてお礼まで言われたから、さすがに戸惑いましたがね。なにがあったのかも、金を稼ぎたい話がどうなったのかも訊いてないし、彼女とはそれっきり。その後のことも知りません」


道玄坂を下って、スクランブル交差点に戻ってきた。まだ夕刻前だけれど、人が多い。広告動画から流れる音楽や、車の走行音も耳につく。オレンジバースの事務所は渋谷にあるのでここは何度も通っているけれど、この喧騒には一向に慣れない。それでも、さっきまでいた空間よりずっと居心地がよかった。

道玄坂を振り返る。

玲奈が風俗店勤務を考えるほど、お金をほしがっていたことはわかった。自分よりいい先生がいると言い張って家庭教師をやめたのは、風俗嬢になることを考えていたからだったんだろう。

でも、なぜそこまでしてお金がほしかったのかわからない。奨学金だけでは学費を払えず、風俗嬢になるしかない人もいるとは聞くけれど、おばさんの話からはそこまで困っていたわけではなかったと思う。風俗店勤務は向いてないと悟り、バイト先に書店を選んだ理由もわからない。

わたしに相談したかったことの内容といい、わからないことばかりだ。

□□□□

「守矢さんって、まだ朝倉さんのことを嗅ぎ回ってるらしいよ」

「オレンジバースから内定をもらって調子に乗ってるんだよ。ねえ、尾野っち?」

「でも守矢さんは、結構いいところもあるみたいだよ」

「は？　どうしたの、急に?」

「あんたが一番、守矢さんのことを悪く言ってたのに」

「昼間、マスコミに絡まれてたら助けてくれた」

「それとこれとは話が別じゃん」

「そうだよ。気にすることないよ」

「そうかもしれないけどさ……」

この女子大生たちは、守矢が一流企業から早々に内定をもらったことを知っているらしい。そういう噂に敏感な時期だろうから、守矢を嫉(ねた)む気持ちもわからなくはない。が、すぐ傍を歩く葛葉に気づかず、大声でこんな話をするとは。先ほどは、今度の金曜日に行く合コンの話で盛り上がっていた。話題が、同性の陰口か恋愛しかないのか。この女どもの頭をたたいたら、空っぽな容(い)れ物(もの)特有の軽快な音がするに違いない。

　妄想のその音をＢＧＭに考える。

　現状、警察が自分を疑っている様子はない。捜査線上にすら浮かんでいないと言える。

　守矢千弦も、排除できた。

　守矢が、「玲奈」と言ったときに葛葉が上げてしまった声から導き出した「葛葉が朝倉のことを下の名前で呼んでいた」という推理は、的はずれも甚だしい。なのにあの女は、あれがきっかけで葛葉に疑いを抱いた。厄介なことになったと思ったが、昨日、葛葉が少しいたわってやっただけで、疑いは一挙に薄まったようだった。周りにちやほやされながら育ってきたのであろう小娘など、あんなものだ。

　守矢のような女には、決してわかるまい。

　朝倉がどうしても殺されなければならなかった理由は、絶対に。

二章

　玲奈のことを考えながら駅ビルの中を歩き回っているうちに時間になったので、伊織ちゃんに指定されたカフェに移動した。風俗街のすぐ傍にある、前世紀から続いていそうな古い店だった。薄暗い店内に、客の姿はほとんどない。入口傍の、窓際の席に座る。約束の時間は午後五時半だ。その二分前にドアベルの軽やかな音とともに店の扉が開き、女性が入ってきた。一〇年以上会ってないけれど、彫りの深い整った顔立ちで一目で伊織ちゃんだとわかった。

「伊織ちゃん」

　手を振る。向こうはすぐにはわたしだとわからなかったようで視線を泳がせたものの、傍に来るとにっこり笑ってくれた。

「千弦ちゃんだよね。うわー、信じられない。雰囲気が全然違う」

「玲奈のお母さんにも似たようなことを言われました」と返しかけたけれど、玲奈の名を口にすることに躊躇(ためら)いがあった。伊織ちゃんも同じらしい。注文を済ませると「慶秀大学に入ったんだって?」「学部は?」「サークルとかバイトはしてるの?」などと、わたしに関する質問を矢継ぎ早にしてきた。商学部に入ったことや、ミス研に入ったけれどやめたこと、バイト先はオレンジバースで既に内定をもらったことなどを答えつつ、伊織ちゃんのことを訊ね返したけれど、「私のことはいいから」と笑って流される。

子どものころから聞き上手だったけれど、少しくらい自分のことを話してほしいのに。

頼んだコーヒーが運ばれてしばらくすると、会話が途切れた。わたしは意を決して切り出す。

「それで、玲奈のことなんだけど」

「信じられないよね。玲奈ちゃんが——亡くなったなんて。しかも、殺されたなんて」

周りに誰もいないのに、伊織ちゃんの声は途中から小さくなった。胸を痛めつつ言う。

「玲奈は亡くなる直前、わたしに相談があるとＬＩＮＥを送ってきたの。それが事件に関係あるんじゃないかと思って調べてる。伊織ちゃんは、玲奈がこっちに戻ってからも時々会ってたんだよね。なにか心当たりはない？」

「ないなあ。会ったのは、去年の一一月が最後だし」

「そうなの？」

伊織ちゃんはね。伊織ちゃんなら。伊織ちゃんってば。

玲奈は子どものころ、大きな瞳をきらきらさせて「伊織ちゃん」と連呼していたから、日吉に戻ってからは頻繁に会っていると思っていたのに。

「最近にかぎって言えば、千弦ちゃんの方が玲奈ちゃんと会ってたんじゃないかな」

「同じ大学に入ったけど、玲奈とはほとんど会ってなかったよ」

「え？　でも玲奈ちゃんは、千弦ちゃんにカレシができたと言ってたけど」

「たまたま見られただけだよ」

去年の夏、キャンパスをカレシと歩いているときに、玲奈とばったり会ったのだ。あのときの玲奈はらしくない大声で「カレシなの？」と言っていたっけ。なにもそんなに驚かなくても、とこちらの方が驚いた。

　ちなみにそのカレシは学部の先輩で、あちらが就職活動を始めたら自然消滅した。

「伊織ちゃんが、最近は玲奈と会ってなかったのには理由があるの？」

　わたしが訊ねている最中、テーブルに置かれた伊織ちゃんのスマホが鳴った。猛然と手に取った伊織ちゃんはディスプレイを食い入るように見つめてから、力なく呟く。

「また、お祈りメールか」

　お祈りメール。不採用のメールが「今後のご活躍をお祈り申し上げます」といった一文で締められることから生まれた俗語だ。ということは、伊織ちゃんは就職活動中？　三歳上だから、もう働いていると思い込んでいたのだけれど。それとも転職活動？　わたしと目が合った伊織ちゃんは、ばつが悪そうに言った。

「実は私、就職活動に失敗しちゃったんだよね」

　すぐには信じられないわたしに、伊織ちゃんは続ける。

「これでも、世間では『一流』と言われている外資系企業から内定はもらったんだよ。でも卒業直前、『世界情勢に基づく予期せぬ業績の悪化』とかいうもっともらしい理由で取り消しになっちゃって。もう独り暮らしをするためにマンションも借りてたのに、ひどいよね。思わずＳＮＳで愚痴ったら、『そういう会社だと見抜けなかったのが悪い』だの、『それが資本主義社会だ』だの、『外資とはそういうものだ』だの炎上しちゃって、しばらく鬱々としてなにもできなかった。実家に戻ろうにも、兄夫婦が両親と同居することになってたから私の居場所はない。親は『普通の会社に就職すれば暮らしていけるだろう』なんて軽い気持ちで言ってくれちゃったけど、新卒じゃないと『普通の会社』に就職するハードルは一気に高くなる。『普通の会社』だって、手取りが信じられないくらい少ないところもある。それでも働かないといけないから、とにかく就職はしたの。でも『いい大学を出たのに、うちの会社しか選べないなんて気の毒』みたいなことを、上司からも同僚からも毎日言われて。同情してるんじゃない、明らかにばかにしてた。もうサンドバッグ状態で、また鬱々として、やめるしかなくなった。やっと身体が動くようになってからは、今度こそ経営や雇用が安定した会社で働くために就職活動をしてる。でも条件がいいところは倍率が高くて、書類選考を通るのもやっと。さっきのは、給料がそこそこよくて、福利厚生もしっかりしているところからのお祈りメール。面接では手応えがあると思ったんだけどなあ。そういう会社には応募が殺到してるんだろうなあ。親はなにも言わないけど、『子どものころから優秀で、いい大学を出たのに』って残念に思っていることが顔に露骨に出てる。でも、私のせいじゃないよね。普通に生きてた、というより、普通よりは優秀だったのに、なんでこんな目に遭わなきゃいけないのか全然わからない。正社員になって普通に暮らしたいだけなのに、ここまで苦労することになるとは思わなかったよ」

先ほどの反動のように、伊織ちゃんは自分の話を捲し立てた。

わたしがオレンジバースから内定をもらった話をしたとき、伊織ちゃんはどんな顔をしていたっけ。目を逸らしそうになったけれど、却(かえ)って失礼なので視線の先を曖昧(あいまい)にしていると、伊織ちゃんは力なく笑った。

「こんな話をされても困るよね。でも去年、玲奈ちゃんにも同じようなことをしちゃったんだ。

自分で言うのもなんだけど、あの子は私に憧れてたでしょ。だから、ショックだったみたい。『私は極端な例だから玲奈ちゃんは大丈夫』って慌ててフォローしたんだけど、うまく伝わらなくて、こんなことを言ってた」

——私は伊織ちゃんと違って奨学金を借りてるから、返済するためにも絶対に就活は失敗できない。

——一流企業じゃだめ、超がつく一流企業から内定をもらわないと、どうなるかわからないんだね。

——これ以上、親に迷惑をかけたくない。就活だけに集中するには、どれくらいお金があればいいのかな。

玲奈の言葉を口にした伊織ちゃんは、大きなため息をつく。

「私は余計なことを言って、玲奈ちゃんの不安を煽ってしまった。自分がろくな……まあ、その、たいしたことないバイトをして食いつないでるからって、八つ当たり気味に。ちゃんと謝りたかったんだけど、会いづらくなっちゃって……」

彫りの深い顔に落ちる影が、店に入ってきたときより濃くなったように見えた。密かに奥歯を嚙みしめたけれど、わたしが伊織ちゃんだったら、年下に慰めの言葉をかけてほしいなんて思わない。だから、そのまま話を進めた。

「いまの話、警察にはしたの?」

「したよ。玲奈ちゃんと最後に会ったときのことを、いろいろ訊かれたから」

答える伊織ちゃんは、なぜか薄い苦笑を浮かべていた。

伊織ちゃんとはそれから、当たり障りのない話を少しして店を出た。「私はもうちょっとゆっくりしていくから。お会計は任せてくれていいよ」と言われたので、自分で払うと言い張るのも気が引けてお言葉に甘えた。

時刻は六時すぎ。外はもう暗かった。少し迷ったけれど、風俗街に向かう。

先ほど消灯していた看板は、いまはどれも、目に痛いくらいの光を一斉に放っていた。騒音にしか聞こえない音楽が方々から流れ、蛍光色じみた生地のスーツを着た男性の数も増えている。何人かがからかってきたけれど無視して進みながら、この道を歩いたかもしれない玲奈のことを考える。

あんなに憧れていた伊織ちゃんが就職活動に失敗し、苦しんでいる。その姿を目の当たりにした玲奈は自分も同じ目に遭うかもしれないとおそれ、就職活動に集中するため貯金したくて、短期間で稼ぐ方法を調べ風俗店勤務に行き着いたのではないか。玲奈が伊織ちゃんと会ったのは去年の一一月、ＡＡランドの面接に行ったのは年末と、時期も一致している。ＡＡランドなら「ソフトなサービス」を謳っているから、ほかの店に較べまだ抵抗が少なかったのかもしれない。

おじさんがリストラされて大変だったようだし、親にお金のことで迷惑をかけたくなかっただろうから、気持ちはわかるつもりだ。でも、呟いてしまう。

「そこまで思い詰めなくてもよかったのに」

もしかして玲奈は、わたしにお金の相談をしたかったのだろうか？　金額によっては「わたしにはどうしようもないこと」と言えなくもない。でも、玲奈が風俗で働くのをやめたのは去年の年末、わたしに相談があるとＬＩＮＥを送ってきたのは四日前。一〇ヵ月も間が空いている。そもそも風俗で働くのをやめたということは、お金の心配はひとまずなくなったのではないか。書店でバイトを始めたのだから、働かなくても済むほどの大金を手にしたわけではないだろうけれど。第一、そんな大金が簡単に手に入るはずが――。

そこまで思い至り、気づいた。

さっき伊織ちゃんは、自分のバイトについて言葉を濁していた。

それは、この辺りでしているバイトだからではないか？　待ち合わせ場所をあのカフェにしたのは、職場に近いから。店に残ったのは、わたしに行き先を見られたくないから。

憶測にすぎないけれど、玲奈が風俗店勤務を考えたのだって、伊織ちゃんの影響かもしれないし……とにかく風俗街（ここ）から離れた方がいい。道玄坂に戻ると鉢合わせするかもしれないので、文化村通り方面に抜けることにした。

お世辞にも柄がいいとは言えない人が増え、じろじろ見られたけれど、意識して胸を張って歩いたのがよかったのか、警戒していたほどつき纏（まと）われなかった。角を曲がると、一転して暗い路地に出る。前方には、気怠い紫の光を漏らすラブホテル。その先にも、似たような建物がいくつかある。女一人で歩くようなところでなくても、さっきまでいた路地よりましだ。ほっとしながら進んでいると、背後から足音が聞こえてきた。わたしの歩調に合わせるように、つかずはなれず、一定のリズムで。わたしが立ちどまると、足音もぴたりととまった。わたしが歩き出すと、足音も再び同じリズムで続く。

――尾行されている？

もう少しで文化村通りだから、走ってそちらに出た方がいい。頭ではそうわかっていても、正体を突きとめたくて前触れなく振り返った。一〇メートルも離れていないところに、ドレスのようなデザインの赤い服を着た、長い茶髪の女性が立っている。顔は、暗くてよく見えない。スポーツでもやっているのか、女性にしてはがっしりした体格だった。

女性は、肘からぶら下げた派手な模様のレディースバッグに右手を入れながら、わたし目がけて歩いてくる。

「なにかご用ですか?」

問いかけても、女性は答えず、足をとめない。距離がぐんぐん縮まる。ラブホテルの明かりで、女性の顔がぼんやり照らし出された。色白メイクに、くっきり描かれたアイシャドウ。これでは素の顔がわからない――いや、会ったことがある? それもここ数日の間、玲奈のことを調べているときに? 顔はわからないけれど、雰囲気でそう感じ取った。

「玲奈の知り合い?」

わたしが口にした途端、女性の足が停止ボタンを押されたようにとまった。間違いない。

「玲奈のことを知ってるんですね?」

言い終える前に、女性は踵を返して駆け出した。体格差があるので、取っ組み合いになったら勝てないし、バッグに凶器が入っているとしたら危険だ。それでも、わたしは追いかけた。

いざとなったら蹴り飛ばしてやる!

「待って!」

呼びかけても女性は当然とまらず、角を曲がっていく。わたしも続くと、もと来た風俗店の路地に出た。女性の姿は見当たらない。どこかの店か脇道に飛び込んだか。店の前にたむろしている人たちに訊けば、教えてもらえるかもしれないが、

「なに、戻ってきたの、お姉ちゃん？　そんなにうちの店で働きたいの？」

「いやいや、遊びたくなったんでしょ」

わたしを見るなり小ばかにするような笑みを浮かべたこの人たちが、すんなり教えてくれるはずがない。おとなしく、この場を離れるしかなかった。


尾行してきた女性は何者なのか。服装やメイクから、あの辺りを職場にしていることは間違いなさそうだ。どこかで会った気がするし、玲奈の名前を出した途端に逃げ出したのだから、あの子の知り合いなのだろうと思う。でもそんな人が、わたしの後をつける理由がわからない。事件に関係していて、わたしを襲おうとしたのか？　でもわたしは、犯人につながるような情報はつかんでない……。考えても答えは出なかった。具体的になにかされたわけではないので、警察に届けても無駄だろう。尾行者の正体をさぐることは一旦あきらめ、家に帰った。

軽く夕飯を済ませ、部屋で玲奈や尾行者のことを考えていると、八時すぎに菱田さんが訪ねてきた。刑事は二人一組で行動するのが基本となにかで読んだけれど、一人だ。プライベートの行動ということか。

心配して同席しようとする母には「子どもじゃないんだから」と言ってリビングから出ていってもらった。テーブルを挟んで、菱田さんと向かい合って椅子に座る。我が家を初めて訪れた人は、大抵、「立派なお家（うち）ですね」「きれいなリビングですね」などとほめ言葉を口にする。でも菱

田さんは、前置きなく言った。

「先ほど、恭志郎から電話がかかってきました。君が朝倉さんのことで思い詰めているようだから、もう調べるのはやめるよう忠告してくれと言ってましたよ。随分心配していました」

こんな風にすぐ本題に入ってくれるのは気楽でいいと思う一方、話の内容を意外に思っていた。相模くんとはミス研をやめてからあまり会ってなかったので、一昨日、葛葉先生の研究室につき合ってくれたことには、正直驚いた。でも玲奈の研究内容を送ってくれたメールでは用件だけで素っ気なかったから、あれきりわたしのことは気にしてないと思っていたのに。

「相模くんが、どうしてわざわざ……」

「君はいい会社でバイトしているそうだが、割と鈍いところがあるんだな」

「え？」

「なんでもない、こっちの話です」

なんだか釈然としなかったけれど、それより気になることを訊ねる。

「従兄弟に頼まれただけで、刑事が動くものなんですか」

「恭志郎だけじゃない、ＡＡランドの大城からも電話が来たんです。あいつのところに行ったんでしょう。店のバックヤードで話す君の動画が送られてきましたよ」

「動画なんて、撮られた覚えがありませんけど」

「ああいう店が、小型の監視カメラをしかけておくことは珍しくない。トラブル防止のためだけじゃない、脅迫に使うこともできますからね」

全然気づかなかった。いまさらながら、ぞっとする。

「自分が行った場所がいかに危ない店だったか、少しはわかったようですね。大城は『我々の領域(テリトリー)で物騒なことに巻き込まれたら迷惑だ。二度と来ないように注意してください』と言っていた。大城の言うとおりにさせてもらいますよ。いくら朝倉さんが大事な幼なじみでも、女子大生が一人で風俗店に乗り込むのはやりすぎだ」

「でも、おかげで怪しい人に出くわしました」

尾行者のことを話す。菱田さんはB5サイズのノートにメモを取りながら耳を傾けてくれたが、わたしが話し終えると首を横に振った。

「興味深いし、どこの誰だかわかったら教えてほしくはある。ただ、朝倉さんと関係があると断定はできない。相手が凶器を持っているかもしれないのに追いかけたことといい、やっぱりやりすぎだ。先日、署から帰してあげる前に、『余計なことを考えないで家から出るな』と怒鳴りつけるべきでした。そうしたら君は家でおとなしくしていて、危ない目に遭うこともなかった」

「そうなったら、わたしは危ない目に遭わなくても、違う問題を抱えそうですけど」

「それもそうか。昔つき合っていた女性に『あなたの優しさは空回りすることがある』と言われたことを思い出しましたよ」

そうでしょうね、とは思ったけれど、「そうなんですね」としか返せない。

「帰してあげる」という言い方から察するに、この前もわたしを追い返そうとしたわけではなく、そろそろ帰してあげようと気を遣ってくれた……のかな？　よくわからないけれど、愛想なく淡々と話すこの刑事さんに、わたしは少し好感を持ちはじめていた。

菱田さんは続ける。

「これ以上はさすがに見すごせません。君は優秀なようだから、朝倉さんに関する噂や情報をいくつかつかんだかもしれない。でもそれらは、警察(われわれ)が既につかんでいたこともわかったんじゃないかな。素人にできることはないんです。おとなしくしていなさい」

菱田さんの言うとおりだ。いくら玲奈のことを調べたところで、警察の後追いにしかならないのかもしれない。それでも、抱き合ったときの、玲奈の小ささとあたたかさを思うと……最期の瞬間、玲奈が抱いたに違いない、辛くてこわくて絶望的な思いを考えると……。

「危ないことは、もうしません」

菱田さんの顔を直視できず、それだけ言った。


菱田さんを見送って玄関ドアを閉めると、自然とため息がこぼれ落ちた。菱田さんにどう思われたか、最後の方は顔を見ることができなかったのでわからない。

母は、一階の寝室にいるようだった。いまにも出てきて、警察となにを話したか訊きたそうな圧を感じる。でもその前に、二階の踊り場から兄が顔を覗かせた。

「警察は帰ったの？」

「うん、たったいま」

階段を上がったわたしは、兄に言う。

「うるさかったよね、ごめん」

「謝らなくていいよ、寝てたわけじゃないし。それより千弦は、事件が起こってから玲奈ちゃんのことをいろいろ調べてるみたいだね。警察は、そのことで来たんだろう。余計なことはしないように釘（くぎ）を刺されたんじゃないかな」

母に聞こえないように気を遣ってか、兄は小声で言った。「まあね」と認めると、兄は眉根を寄せる。

「千弦は、玲奈ちゃんをいじめてた男子に食ってかかって、怪我（けが）したことがあったよね。同じような目に遭うんじゃないかと心配だ」

「何年前の話？　それにあのときは、怪我はしたけど男子を泣かせてやったんだから」

兄に心配をかけたくなくて、できるだけあっけらかんと笑ってみせた。


その日の夜。夢に、玲奈が出てきた。まだ小学四年生だ。兄に子どものころの話をされたことが引き金になったか。

小学生の玲奈は、紅葉が舞い落ちるベンチに座り、わたしと指切りげんまんをしていた。単なる夢じゃない、昔の記憶だ。当時は、学級（クラス）のませた女子が男子に告白したという話題でもちきりだった。わたしにだって――たぶん玲奈にも――気になる男子くらいはいたから、なんだかどきどきした。その流れで、玲奈と指切りをしながら、こう言われたんだった。

――恋人ができたら、お互い真っ先に打ち明けようね。

我ながら微笑ましいことをしていたな。寝たままくすりとするのと同時に、それに気づいて飛び起きた。一〇月の夜だというのに、全身にうっすら汗をかいている。

すぐには信じられないけれど、玲奈の部屋で抱いた違和感の正体次第では、なくはない。

だとしたら、玲奈がわたしに相談したかったことは、もしかして。

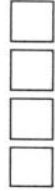

「こうやってデータをクラウドにアップしておけば、パソコンがこわれても復元できますから」

「でもこの手のサービスは、使える容量が少ないと聞きましたよ？」

訊ねる葛葉の口調が純粋無垢な子どものようだったからだろう、女編集者――うろ覚えだが、名前は角野（かどの）翼（つばさ）だったか――は、わかりやすくしどろもどろになった。

「む、無料ならそうですけど……有料なら……複数のクラウドサービスを使うという手も……」

これだけで、この女が葛葉に抱いている感情がわかる。研究室に入ってきてすぐ朝倉に対するお悔やみの言葉を口にし、葛葉の顔色が悪いことを心配した後は、自分の話しかしていない。

「そういうのには疎（うと）くて。ゲームの監修をしたときも、技術的なことは丸投げでした」

「先生は、もう少しデジタルを勉強なさった方がいいです。スマホだって、もっとちゃんとしたメーカーのものを使っては？」

「確かに。安物のせいか、せっかく撮った写真のデータが消えることがあるし、バッテリーの減りも異様に速いですからね。でもｉＰｈｏｎｅは高いから、Ａｎｄｒｏｉｄ……でしたっけ？こちらの方がいいんですよ」

「ｉＰｈｏｎｅほど高くなくても、使い勝手のいいＡｎｄｒｏｉｄスマホはいくらでも――」

硬質でリズミカルなノック音が、角野を遮った。声を聞く前に、訪問者が誰か察しがつく。

「失礼します、守矢です」

聞こえてきたのは、思ったとおりの声だった。ドアが開かれ、ノック音同様、リズミカルな靴音を立てて守矢が研究室に入ってくる。

「少しお話があって来ました。お忙しいなら出直しますが」

角野に遠慮しているのだろうが、用ならとっくに終わっている。葛葉に「すみませんが」と水を向けられた角野は、慌てふためきながら言う。

「では、締め切りをお願いします。なにかあったら連絡くださいね、先生。いつものように」

葛葉と親しいことをアピールするように「いつものように」を強調し、角野は研究室から出ていった。遠ざかっていく足音は明確には聞こえなかったが、さすがに立ち聞きはしていまい。万が一していたとしても、どうでもいい。

守矢に腰を下ろす気配はない。葛葉は、角野など存在しなかったかのように切り出す。

「お話というのは?」

どうせたいしたことではない。葛葉が少しいたわってやっただけで、疑うのをやめた小娘なのだから。そう思った矢先、守矢は言った。

「葛葉先生は、玲奈とつき合ってたんですよね」

反射的に立ち上がりかけた。

□□□□

できるなら、朝一番で葛葉先生に会いたかった。でも先に玲奈のアパートに行く必要があったし、先生も講義があるので、午後三時すぎになってしまった。

葛葉先生は、一昨日以上に顔色が悪く、目の下のクマは黒ずんで見えた。それを痛々しいとは思えないまま、玲奈とつき合っていたことを指摘した。

先生は、穏やかな顔つきを崩さないまま首を傾げる。

「唐突な指摘ですね。なぜ、そんな発想になったのです？」

「わたしたちは小学四年生のとき、恋人ができたら真っ先に打ち明けようと約束しました。そのことをわたしはすっかり忘れていたけど、玲奈は覚えていたんです。わたしがカレシと一緒にいるのを見たとき、ものすごく驚いてましたから」

あのとき、玲奈がらしくない大声を出したことには理由があったんだ。

二人で泣きじゃくったことはちゃんと秘密にしてきたのに、ほかのことは忘れてばかりだ——

「わたしがカレシのことを玲奈に言わなかったから、玲奈の方も先生とつき合っていることを黙っていた……というより、言えなかったんでしょう。話そうとしたこともあるようですが」

左手で毛先を強くつまみ、呼吸を整えてから続ける。

今年の七月、最後に会ったときのことだ。玲奈は先生とつき合っていることを「いまさらな話」として打ち明けようとしたが、わたしがカレシのことを話さなかったことを思い出し、結局言えなかったのだと思う。

「君と朝倉さんの関係に基づく興味深い考察ですが、僕と朝倉さんがつき合っていたという証拠はありませんよね」

「あります。香水です。先生は、ラベンダー系のユニセックスな香水をつけてますよね。同じ香りのする香水瓶が玲奈の部屋にあったけど、これはおかしいんです。玲奈には、香水をつける習慣がなかったんですから」

　ＡＡランドの大城さんが言ったとおり、玲奈は化粧が薄く、香水もつけていなかった。なのに部屋の鏡台には、化粧水や日焼け止めクリーム、マニキュアなどに紛れて香水の小瓶があった。それが、あの部屋で抱いた違和感の正体だったのだ。

　先ほど、おばさんに頼んでもう一度部屋に入らせてもらって香水の香りを嗅ぎ、葛葉先生がつけているものと同じ香りであることを確認した。

「香水をつける習慣のない子が、先生と同じ香水を持ってたんです。無関係とは思えません。玲奈の性格からして、先生にプレゼントする前にお試しで使うために買ったのだと思います」

「朝倉さんが僕に憧れて、同じ香水をつけていたとも考えられませんか」

「いいえ。先生は去年のいまごろは、その香水をつけてませんでしたよね。キャンパスで一度すれ違ったことがあるだけですが、覚えています。玲奈からプレゼントされて、つけるようになったのではありませんか」

　言い逃れしてくると思って身構えていたけれど、先生はあっさり頷いた。

「警察すら、まだ突きとめてないのに。守矢さんは、思っていた以上に優秀だったんですね」

「玲奈との関係を、認めるんですか」

「言い逃れできないことはありませんが、認めますよ」

「でしたら、もう一つ認めてください。玲奈と二人だけのときは『朝倉さん』ではなく、下の名前で呼んでたんですよね。だから、わたしが最初に玲奈の名前を出したとき驚いたんですよね」

「いえ、『朝倉さん』でしたよ。この前も言ったとおり、あのときは誰のことかわからなくて戸惑っただけです」

本当かな？　でも玲奈とつき合っていたことを認めたのに、呼び方を隠す必要はないし……。誰のことかわからないにしても、驚きすぎだったとは思うのだけれど。

「呼び方についてははずれですが、僕たちの関係がいつから始まったのかはわかっているのではありませんか」

「推測ですが、去年の年末か、今年の始めではないでしょうか。そのころ玲奈は、面接に行った仕事を断って、書店でバイトを始めています。葛葉先生の影響があったのでは？」

ＡＡランドには直接触れず、「面接に行った仕事」とぼかしたが、伝わったらしい。

「本当に優秀です」

肯定の言葉とともに頷き、先生は続ける。

「去年の年末、朝倉さんが風俗嬢をしているという噂を耳にしました。驚いて、この部屋に呼んで二人きりで話をしたんです。憧れのお姉さんの現状を知ったことがきっかけで、随分悩んでましたよ――守矢さんのことだから、この情報も既につかんでいるかもしれませんが。

僕としては、朝倉さんに風俗嬢をしてほしくなかった。誤解しないでほしいのですが、僕は風俗で働く女性を見下しているわけではありません。ただ、朝倉さんは明らかに向いてない。風俗店で働いている時間があるなら、彼女の好奇心や社会への眼差し(まなざし)を学問に使った方が有意義だとも思う。そう言って、風俗嬢はやめるよう説得しました。研究に不可欠な専門書は値段の張るものが多いから、社割で安く買うため書店でバイトすることも勧めました。それでも迷っていたので、僕とつき合ってほしいと言ったんです」

あまりになんでもないことのように言うので、最後の一言の意味がすぐにはわからなかった。わかってから、なぜか赤面してきた。

先生の方は、やはりなんでもないことのように言葉を継ぐ。

「朝倉さんが学問で食べていけるよう、僕が公私にわたってサポートする。だから風俗嬢になるのはやめて、一緒に生きてほしい——そう言いました」

「告白というより、プロポーズじゃないですか」

「人生の先輩の責任として、もちろん結婚するつもりでしたよ。以前から、朝倉さんの芯の強さや優しさに惹かれていたんです。告白したときは緊張しましたが、彼女がOKしてくれたときは年甲斐もなく舞い上がりました。大学を卒業したら、できるだけ早く結婚する約束もしました。僕は立場上、つき合っていることを積極的に公表することはできませんでしたが、彼女を愛しているのは事実だから、必死になって隠すつもりもなかった。でも彼女の方が『先生に迷惑がかかる』と内緒にしたがったんです。風俗店勤務の噂を流され、周囲から少し距離をおかれていたから、余計に気を遣ってくれたのかもしれません。僕がプレゼントしたネックレスも、大学には絶対つけてきませんでしたね。せっかく、お洒落なものを選んだのに。慎重すぎるくらい慎重な女性でした」

そこまで想っていた玲奈を失ったなら、こんなに憔悴していることも頷ける。

でも、玲奈のことは愛していたけれど、なにかがあって殺して、そのせいで憔悴している可能性もゼロではない。だって先生は、事件の後も玲奈との関係を黙っていたのだから。

隠すつもりもなかったと言っておきながら、矛盾しているじゃないか。警察に疑われるのを避けるため、玲奈とはあくまで准教授と学生の関係を装っていた。でも、わたしに突きとめられたから、やむなく認めたのではないか。一昨日わたしにいたわりの言葉をかけてくれたのは、やはり疑いを逸らすため。

だとしたら、玲奈がわたしに相談しようとしていたのは、葛葉先生との恋愛に関するトラブル。例えばだけれど、玲奈は先生と別れようとした。でも先生は拒否し、玲奈につきまとった。玲奈にとって先生は、風俗店勤務をとめてくれた恩人。無下にもできず、精神的に追い詰められた末に、わたしに相談したいことがあるとＬＩＮＥを送ってきた。その直後、先生に殺害された。先生は愛する人を手にかけた罪悪感から憔悴している――これで説明がつく。恋愛は当事者同士の問題だから、「わたしにはどうしようもないこと」にも当てはまる。

先生は、わたしを見つめながら言った。

「どうやら守矢さんは、僕を疑っているようですね。では、誤解が解ける場所に行きましょう」

「どこですか？」

「学部長室です」

「そうか……学生にまで、葛葉先生と朝倉さんとのことが……」

小柄で小太りな初老男性は、いまにも机に突っ伏しそうな顔をして呟いた。この人が人文学部の学部長・松井先生だという。

学部長室は、最上階の五階角部屋にあった。葛葉先生の研究室より一回り広く、応接用のソファとテーブルも大きい。理由を言わずわたしをここに連れてきた葛葉先生は、簡単な挨拶をした後、松井先生にこう言った。「この女子学生は、商学部三年の守矢千弦さんです。非常に優秀で、僕と朝倉さんの関係に気づいてしまいました」。それに対し、松井先生がこんな反応をするということは。

「葛葉先生は、玲奈とのことを松井先生に報告していたんですか」

「ええ。事件を知った、すぐ後に。本来ならプライベートに関することなので報告の必要はありませんが、彼女があういう目に遭った以上、どうするか判断を仰ぐべきだと思い電話しました」

「まあ、二人とも座りなさい」

わたしたちをソファに座らせた松井先生の額には、汗が滲んでいる。

「葛葉先生から、朝倉さんと結婚まで考えていたと報告されたときは驚いたよ。うちの大学は学生との恋愛禁止を明文化してないから、規則上は問題ない。だから葛葉先生ご自身は、朝倉さんとのことを警察に話してもいいとおっしゃったんだけど、でも……ほら、あらぬ噂を立てられるかもしれないじゃないか。そう思って余計なことは言わないように……じゃない、朝倉さんとの関係は秘密にしてもらおうと……それが葛葉先生と朝倉さん、双方のためだと……」

考えながら羅列される言葉を聞けば、松井先生の真意がどこにあるかはわかる。学生との恋愛が禁止されていないとはいえ、「刺殺された女子大生が、世間に名の知られた准教授と恋愛していた」とあっては、マスコミがおもしろおかしく騒ぎ立てることは目に見えている。松井先生も、とばっちりを喰らうかもしれない。それを避けたかっただけだ。

「松井先生のお心遣いをありがたく受け取った僕は、朝倉さんとの関係を黙っておくことにしました。朝倉さんは『先生はデジタルに疎いから流出する可能性があります』と言って、スマホでのやり取りはほとんどしてませんでしたし、会うときは人目を避けていたんです。いまどき大変でしたが、警察もすぐには僕らの関係にたどり着けないということ。事件に関係あるとも思えませんから、それで問題ないと判断しました。警察に嗅ぎつけられたら、さすがに話すつもりでしたけどね」

「わたしが嗅ぎつけたんだから、もう警察に話した方がいいんじゃないですか」

「守矢さんとは関係なく、僕も松井先生もそうするつもりでしたよ。新聞記者にばれてしまいましたから。僕や朝倉さんについて話を聞いて回って、そうではないかと踏んだようです。取材は遠慮してほしいとお願いしているのに、『事件ではなく、昨今の先生と学生の関係を知りたい』なんて見え透いた嘘をついて、僕のところに来ました。ノーコメントを貫きましたが、間違いないと確信している様子でしたね」

「その記者は、私のところにも来たよ。珍しい名字だからその話で盛り上がってたら、不意打ちで葛葉先生のことを持ち出してきた」

珍しい名字の新聞記者？　ひょっとしてと思いながら、葛葉先生に訊ねる。

「その記者というのは、東経新聞の土用下さんじゃありませんか」

「そうです。守矢さんも取材されたんですか」

「声はかけられました」

昨日から取材を始めたと言っていたのに、もう先生と玲奈の関係を突きとめるなんて。仕事ができる人なのかもしれない。

葛葉先生は言う。

「朝倉さんとの間になにかがあったから、事件の後も僕が彼女との関係を隠していた。守矢さんはそう考えていたようですが、僕には隠すつもりはなかったことがわかってもらえましたよね」

「まさか葛葉先生を疑っているのか、君は。そんなはずないじゃないか。周りに余計なことを言うんじゃないぞ！」

松井先生は唾を飛ばして言った。


学部長室を出て、葛葉先生と並んで廊下を歩く。

「僕の疑いは晴れましたか」

頭上から降ってきた声に、答えられない。玲奈との関係を隠すつもりなら、事件の後、松井先生に打ち明けたりしない。よって葛葉先生は事件と無関係——と言いたいところだけれど。

松井先生は、人文学部の、というより、自分自身の保身しか考えていないようだった。だから、葛葉先生に口どめした。葛葉先生は、松井先生ならそうすると見越していたのではないか。それなら、たとえ玲奈との関係を誰かに知られても「学部長の松井先生には話していた」と言い訳して、自分に疚（やま）しいことはないと主張できる。まさにいまの、この状況のように。

疑いすぎだとは思う。でも、わたしが玲奈の名を初めて口にしたときの、あの表情を思うと。

「一つ教えてください。先生が玲奈と最後に会ったのは、いつですか？」

「事件の前日、金曜日の夕方ですね。レポートの提出という名目で、研究室に来てもらいました。僕らのデートは、いつもそんな感じでした。最近読んだ本や気になるニュースのことを話したのも、いつもどおり。朝倉さんも『いつものデートでしたね』と笑ってました」

先生はそう言うけれど、鵜呑みにはできない。なにかトラブルがあって、それが原因で玲奈がわたしに相談したいとLINEを送ってきたとも考えられる。

先生は、わたしの横顔を見ながら言った。

「どうやら、疑いは晴れていないようですね。守矢さんは、朝倉さんの相談というのが、僕との関係に関することだと思っているのでしょう?」

エレベーターの前で足をとめたわたしは、先生を見上げて頷く。

「先生に不愉快な思いをさせていることはわかってます。でも、わたしが『玲奈』と言ったときの先生の顔つきが、どうしても気になるんです。納得するまで調べさせてください。なるべくご迷惑をかけないようにしますから」

先生は苦笑いしながら肩をすくめた。

「当事者に疑っていることを直接謝るとは。礼儀正しい、と、ほめていいのかどうか」

到着したエレベーターに、互いに無言で乗り込む。エレベーターが降りていく間も会話はない。

先生は自分の研究室がある三階で降りると、わたしを振り返った。

「守矢さんをとめる権利はありませんから、好きにしてもらって構いません。ただ、僕も少しだけ好きにさせてもらいます」

「それは、どういう意味――」

わたしが言い終える前に、エレベーターの扉は閉ざされた。

□□□□

葛葉が守矢とエレベーターに乗っている時間は短く、一分にも満たなかった。

その間、妄想の中で何度長い黒髪で首を絞め、スカートから伸びる細い脚をへし折ってやったかわからない。

まだ調べ回る気か。葛葉が、自己保身の塊である学部長に、朝倉との関係を報告しておいたというのに。

「それは、どういう意味——」

守矢が言い終える前にエレベーターの扉が閉ざされた後も、苛立ちは収まらなかった。

朝倉と同じように殺してやりたい。ああいう生意気な女は調子に乗っている。殺した方が世のため人のため、守矢自身のため——。

「落ち着け」

小声ではあるが強い口調で言って、深く息を吐き出した。

朝倉はどうしても殺さなくてはならなかったが、守矢は違う。それに殺人を重ねては、自分に疑いの目が向けられるかもしれない。現時点では警察の捜査線上に浮かんでいないのに、もったいなすぎる。

そう、自分は疑われていないのだ。笑ってしまうほどに。

だとしたら、やるべきことは。

□□□□

「守矢さん、もっとリラックス。睨(にら)んでるようにしか見えないよ」

友坂幸雄(ともざかゆきお)さんに笑われたわたしは、これでもか、というほど目尻を下げた。

「あ、いいですね」

ライター兼カメラマンの野崎春文(のざきはるふみ)さんは、安堵の息をついて一眼レフカメラのシャッターを切りはじめる。

渋谷にある、オレンジバースのオフィスだ。今日はバイトの日で、社員さんのプレゼン資料のデータを裏取りすることになっていたが、出社すると広報部の友坂さんに「急だけど、『ワンタッチ』の取材が入ったから対応よろしく」と声をかけられた。

「ワンタッチ」は、ＤＶ、貧困など他人に相談しづらい家庭内の悩みを選択すると、適切な対応をしてくれる行政の機関や活動実績のあるＮＰＯ法人が表示される、オレンジバースのアプリだ。この夏にリリースしたばかりだが、既にかなりの数がダウンロードされている。

アイデアとＵＩ(ユーザーインターフェース)の原型を上司に提案したのはわたしだけれど、実際の制作にはほとんどかかわっていない。なのに先々週、友坂さんに「学生が出た方が注目されるから、ウェブメディアの取材を受けて」と言われた。気が引けたけれど、ほかの社員さんたちが「このアプリを社長が気に入って、守矢さんを採用することにしたらしいから」と背中を押してくれたので受けることにした。取材なんて初めてで緊張しながらも、アプリの仕組みや理念について、それなりにしっかり話せたと思う。

でも先週の水曜日にサイトにアップされた記事は、「ワンタッチ」に関することは三分の一だけ。わたしの好きな食べ物や友だちとの関係などばかり書かれていて、がっかりした。事前に原稿を見せてもらった際、もっと「ワンタッチ」の話を増やしてほしいとお願いしたのに、広告記事ではないからという理由で聞き入れてもらえなかったのだ。わたしの顔写真と名前をもっと小さくしてほしいとも伝えたが、「レイアウトが決まっている」と突っぱねられた。

落ち込んだし、世の中には、こんな風に取材された人の意に沿わない記事が出回っているのかと思うと嫌な気持ちにもなった。土曜日の飲み会は、そんなわたしを慰めるために社員さんが開いてくれたのだ（だからかなり飲んで、帰りは終電になった）。

もう二度と取材なんてご免だと思っていたのに、今日もか。友坂さんは、小太りで見るからに人がよさそうなおじさまだけれど、押しが強いので断れず、渋々引き受けた。

野崎さんに一通り話を聞かれ、いまは撮影の時間である。

「それにしても、おしゃれな部屋ですね。さすがオレンジバースだ」

わたしの周りをカメラ片手にぐるぐる回りながら、野崎さんは言った。友坂さんが苦笑するのが、視界の片隅に見える。

オレンジバースは、渋谷の井ノ頭通り沿いに立つビルの一九階から二一階にテナントで入っている。わたしたちがいまいる二一階は、曇りガラスで仕切られた応接室兼会議室が三〇部屋以上ずらりと敷き詰めるように配置されていて、確かにおしゃれだ。でも一九階と二〇階は、どこにでもありそうな事務机が整然と並んでいるだけ。機能性と効率性を重視して余計な装飾は排除する方針だそうで、目を引くところはない。

「あ、ガラスに寄りかかって、軽く腕組みしてくれます？　美人女子大生の横顔って感じで、すごく絵になると思います」

「ほらほら、守矢さん。また睨んでるような目つきになってますよ」

「美人女子大生」の一言に反応してしまったわたしに、友坂さんは笑いながら言った。慌てて目尻を下げ直す。バイトとはいえ会社を代表しているのだからにこやかにしなくてはと思う一方で、「ワンタッチ」とわたしの容姿は関係ないでしょ、という反発を完全には抑えられない。いつもなら、もう少し上手に受け流すのに。

　思ったより、焦っているのかもしれない。

　エレベーターを降りた際に葛葉先生が残した言葉が気になったものの、そのことについて考えるより先に、先生と玲奈の関係を書かないでほしいと土用下さんにお願いすることにした。でも、もらった名刺は家に置いてきてしまったので連絡先がわからない。先生と別れたときにはバイトの時間が迫っていて、家に取りに帰ることもできなかった。

　こうしている間にも、土用下さんが玲奈のことを——。

「ほら、守矢さん。もっとカメラの方を見てあげて。リラックス。リラックスですよ」

　オレンジバースのバイトを終えたわたしは、駅まで母に迎えに来てもらった。「一人で大丈夫」と言い張ったけれど、母は「玲奈ちゃんがあんな目に遭ったんだから」と譲らなかった。

　家に帰ると、リュックを背負ったまま自分の部屋に駆け込んだ。机に置いたカードホルダーから、土用下さんの名刺を取り出す。夜一〇時をすぎているので迷ったけれど、記載された番号に電話をかける。土用下さんは、最初のコール音が鳴り終わる前に出た。

〈もしもし〉

「夜分すみません。昨日、慶秀大学のキャンパスでお会いした守矢千弦です。わかりますか」

〈もちろんです。お電話ありがとうございます〉

電話の向こうで頭を下げている様が見えるような、丁寧な口調だった。

〈連絡をくれたということは、朝倉さんの件に関してなにか情報が？〉

「いえ、お願いがあって電話しました。土用下さんは、葛葉先生と玲奈がつき合っていたと思っているそうですね」

〈思っているというか、取材の結果、確信しています〉

「どちらでもいいですが、書かないでもらえませんか。事件と関係あるかどうかわからないのに世間から好奇の目で見られたら、玲奈がかわいそうです」

本当は事件に関係があるかもしれないと思っているのだけれど、言う必要はない。相手は、どうやら仕事ができる新聞記者だ。果たしてなんと言われるか。スマホを握る手に力がこもったが、しばらくして電話口から聞こえてきた声は思いのほかやわらかだった。

〈優しいんですね、守矢さんは。わかりました。絶対に書かないと約束はできませんが、少なくとも事件に関係あるとはっきりするまでは書きません〉

「ありがとうございます」

スマホを握る手から力が抜けていく。尾野さんを詰問していたときの印象とはまるで違う。本人が言っていたとおり、あのときは焦っていただけで、悪い人ではないようだ。

土用下さんは、感心したように続ける。

〈最近会っていなかった幼なじみのために、ここまでするなんて。昨日あれから取材して、守矢さんが朝倉さんのことを調べていると聞きましたよ。朝倉さんは亡くなる直前、守矢さんに相談したいことがあるとＬＩＮＥを送ってきたそうですね。その相談が事件に関係あると思ってるんですよね。手がかりになるかわかりませんが、守矢さんのために先ほどつかんだばかりの情報を差し上げます。朝倉さんがバイトしていた書店で取材して得た話です〉

「なんですか」

わたしはその店――ブックフラッグで相手にされなかったので、勢い込んで訊ねる。

〈朝倉さんはいつもはミスが少ないのに、事件のあった日は釣り銭を間違えたり、ブックカバーを破いたり、明らかに様子がおかしかったそうです。仕事が終わった後は、バックヤードでスマホを見つめたままじっとしていた。気づいた店長が声をかけるまで、三〇分近くね。店長は『なにかあったとしか思えない』と言ってましたよ。この話は、既に警察にもしたそうです〉

わたしに相談があるとＬＩＮＥを送ってくる前、玲奈はそんな風になっていたのか。

「いまの話、葛葉先生は知ってるんですか」

〈先ほどお家(うち)にうかがって、心当たりがないかぶつけてみました。あの日は仕事があったから朝倉さんと会っていないので、わからないそうです。本当かどうかわかりませんが〉

土用下さんとの電話を終えたわたしは、リュックを下ろして思考を巡らせる。

先生が犯人だと仮定して。

やはり事件の前日、研究室で玲奈との間にトラブルがあったのではないか。だから玲奈は様子がおかしくて、わたしに相談したいとＬＩＮＥを送ってきたのではないか。

もちろん、すべて推測だ。でも、調べてみよう。どこから手をつければいいかわからないけれど、卒業するための単位は既にかなり取っているから、時間には余裕がある。焦る必要はないと思っていると、スマホが着信音を奏でた。

オレンジバースからの電話だった。こんな時間になんだろう?


「ただいま」

「千弦が、オレンジバースのインターンに呼ばれたんですって」

父が言い終えるのとほとんど同時に、母のはしゃぎ声が玄関から聞こえてきた。お風呂からあがって脱衣所で寝間着を着ていたわたしは、さっさと部屋に避難すればよかったと後悔する。

「インターン?　もう内定はもらってるのに?」

「ちょっと変則的だけどね。新規プロジェクトの立ち上げに参加してほしいから、学業に支障のない範囲で、できるだけ毎日来てほしいと言われたんだって。すぐにでも千弦の返事がほしくて、さっき急に電話がかかってきたみたいよ」

それがさっきの電話の用件だった。「ワンタッチ」の好評を受け、より社会貢献につながる新規サービスを立ち上げたいと思う。ついては、学生ならではの観点からいろいろ意見をもらいたい。入社後は、そのままサービスの開発・運営に携わってほしい——社長から直々に、そう言われた。引き受けたら、玲奈の事件を調べる時間も余裕もなくなってしまう。「急な話だから少し待ってください」と答えたけれど、ひとまず来週月曜日の夕方、詳しい話を聞くため会社に行くことになってしまった。

脱衣所を出ると、父と母が笑顔で話しかけてくる。

「随分と評価されてるんだな、千弦。もちろん受けるんだろう？」

歴史ある企業に勤めている父は「新興企業の人たちは発想が柔軟なんだろうな」と常々言っていて、オレンジバースに過剰な羨望を抱いている。

「千弦が断るはずないじゃない。ねえ？」

同意を求めてくる母に、曖昧な笑みを返す。動揺したとはいえ、電話の後、母に話してしまったのは軽率だった。後悔していると、二階の床が軋む音がした。それで我に返ったのか、父は無言で寝室に、母は「勉強もしっかりね」と言い残し台所に行く。ほっとしたわたしは、急いで二階に上がった。自分の部屋に入ろうとすると、兄がドアを開けて顔を覗かせる。

「来週からオレンジバースに通うみたいだね。父さんも母さんも随分はしゃいでたけど、千弦はそれでいいの？」

「うん」

できるだけ力強く言い切って、部屋に入った。ドアを閉めてから考える。

さっきまでバイトしていたのに、社長はもちろん、社員さんからもインターンの話は一切されなかった。なのに、突然こんなことになるなんて。それも、このタイミングで。

そういえば葛葉先生は、社長と定期的に飲んでいると言っていた——。

一〇月二九日の昼休み。キャンパスを歩いている最中、学食の窓際の席に座る葛葉先生を見かけた。後で研究室に行くつもりだったけれど、ちょうどいい。学食に入ると、ほぼ満席のテーブルとテーブルの合間を歩き、先生の前まで進む。炒飯セットに口をつけていた先生が顔を上げる。目の下のクマは昨日よりさらに濃くなっているけれど、同情する気持ちは少しも湧かなかった。

「こんにちは、先生。向かいの席に座ってよろしいですか」

「昨日に続いてですね、守矢さん。すみませんが、話なら後で研究室でお願いします。これから相模くんと、発表の相談をするんです。『容疑者に対するスティグマ』という発表だから、守矢さんの参考になるかもしれませんが」

「興味深いお話になりそうですね」

皮肉を受け流して続ける。

「でも相模くんに迷惑だから、いまは控えます。終わったら研究室で――」

「いま話してもらって構わないよ」

横からの声に振り向くと、和風ランチセットをトレイに載せた相模くんが立っていた。表情が硬いのは、話すときは緊張するという先生と、発表の相談をするからか。

相模くんは、トレイを少しだけ高く上げる。

「選ぶのに手間取ってた」

相模くんがどこに行っても、いつもメニューを選ぶのに時間がかかっていたことを思い出す。

葛葉先生が言う。

「相模くんがいいなら、この場でどうぞ。朝倉さんの話もしてもらって構いません。もう僕らの関係を隠しておく必要はなくなりましたから」

「事情はよくわからないけど、朝倉さんが絡んでるなら俺も聞きたいよ。場合によっては、また源兄に言いつけてやる」

相模くんの口調が淡々としているのでどこまで本気かわからないけれど、先に時間をもらうことにする。先生の向かいに腰を下ろすと、相模くんはわたしの隣に座った。わたしは、先生を真っ直ぐに見据えて切り出す。

「昨日遅くオレンジバースから電話がかかってきて、来週からインターンで来てほしいと急に言われました。社長と親しい先生が、裏から手を回したとしか思えません」

□□□□

昨日、守矢と別れてから、葛葉はオレンジバースの社長に電話をかけた。相手は「将来は世界で勝負できる」と目されているＩＴ企業の社長だ。すぐには繋がらなかったが、三時間後に折り返し電話をかけてきた。

「先生と飲むと学生に戻った気がします」とよく言っている社長ではあるが、今回は困惑した様子だった。

守矢千弦さんを、そちらでインターンで働かせてほしい。それも、できるだけ早く。優秀な学生だが、幼なじみを殺されたことで冷静さを失い、なぜか僕を疑って、あることないこと調べて時間を浪費している。せっかくの能力がもったいない——これが葛葉の用件だったのだから。

社長は「学生のうちは、学生にしかできないことをしてもらいたいと思ってます」とやんわり断ってきた。対して葛葉は、その方が彼女のためになる、彼女を正しい方向に導いてやれるのはあなたしかいない、などと言葉を連ねた。メディアには「利益だけを追求してなにが悪いんです?」と開き直っているが、本音ではそれだけの人物と見られることを避けたがっている社長は、葛葉に乗せられ、最後には了承した。その後で、守矢に連絡がいったのだろう。

「先生は好きにさせてもらうとおっしゃってましたが、このことだったんですね。ここまでするのは、わたしにこれ以上、玲奈のことを調べられたら困るからですか」

守矢は平静を装っているが、声音に悔しさが滲み出ていた。

「僕が社長に話したことは認めますが、すべて守矢さんのためです」

葛葉の言葉は、守矢にはさぞ白々しく聞こえたことだろう。

□□□□

わたしのためなんて、白々しい。つい睨んでしまうわたしに、先生は苦笑した。

「そんなこわい目で見ないでください。朝倉さんが亡くなったことで、守矢さんは冷静さを失っている。せっかく優秀なのに時間を無駄に使うのはもったいないから、能力を有効活用して伸ばしていけるよう、オレンジバースの社長に協力してもらうことにしたんですから」

「光栄ですが、そこまでしていただかなくて結構です」

「でも守矢さんは、この話に興味があるでしょう？」

言葉に詰まった。ここで玲奈の事件を調べることをやめたら、たとえ警察が犯人を捕まえても、わたしはたぶん一生後悔する。

その一方で、新規サービスに携わりたい気持ちもあった。「ワンタッチ」がリリースされた後、お礼のメールが何通も来た。中には「命が助かった」と書いてくれた人までいた。おこがましいけれど、新規サービスの内容次第では、こんな風に救える人を増やせるかもしれない。

平日はオレンジバースに通って、休日に玲奈のことを調べる？　でも、そんな片手間で真相にたどり着けるとは思えないし、現実問題としていくら単位を多めに取っているとはいえ、大学の課題をこなしていたら時間がなくなる。なら、この話は断るしか……でも……。

わたしが返事をしなくても答えがわかったのだろう、葛葉先生は大きく頷いた。

「守矢さんにとって悪い話ではないはず。あとは警察に任せて、インターンに打ち込んで――」

「来週月曜日の夕方、インターンに関する説明を聞いてきます」

先生を遮り、わたしは言った。

「まだ丸三日あります。先生と玲奈の間になにかがあったのかなかったのか、それが事件に関係しているのかどうか、結論が出るまで徹底的に調べます。インターンを受けるかどうかは、それ次第です」

「どうしようと守矢さんの自由ですが、危ないことはしないように。守矢さん自身も気づかないうちに真相に迫っていて、それが犯人を刺激しないともかぎりませんから」

わたしの身を案じているように聞こえるが、言葉どおりに受け取れるはずもなかった。一礼して立ち上がったわたしは、食堂の出口を目指して歩き出す。

「まだ朝倉さんのことを調べてるんだ」

「しつこーい」

明らかに自分に向けられた声の方を見遣(みや)ると、テーブルに着いた女子三人組のうち二人が、くすくす笑っていた。わたしからは後ろ姿しか見えない残りの一人が、遠慮がちに言う。

「やめなよ、聞こえてるよ」

顔は見えないけれど、あの金髪と広い肩幅は尾野さんだ。わたしをかばってくれている。土下さんから守ったことのお返しだろうか。見た目で判断するつもりはないけれど、こんなに義理堅いとは意外だった。そこまで恩を感じてくれなくてもいいのに。

でも気持ちはうれしいので、小さく頭を下げてから前を向いた。


「待てよ、守矢」

学食を出たところで、相模くんが後ろから肩をつかんできた。ちょっと驚いて訊ねる。

「先生に発表の相談をするんじゃなかったの?」

「後でいい。話がよく見えなかったけど、もう警察に任せて、なにもしない方がいい。葛葉先生を犯人だと決めつけてるみたいだったぞ」

「そんなことないけど、なにかあるかもとは思ってる。時間ぎりぎりまで、徹底的に調べる」

もう一度、渋谷の風俗街にも行ってみるつもりだった。一昨日の夜わたしの後をつけてきた、あの女性をさがしたい。簡単に見つけられるとは思えないけれど、彼女は玲奈の名前を出したら逃げ出したのだ。なにか知っている可能性はゼロじゃない。手がかりになりそうなものには、全部当たる。

相模くんが、独り言のように呟く。

「バイトがなければ、俺も一緒に行くのに」

「相模くん、バイトしてるの？」

初めて聞いた。相模くんは、しばらく黙ってから首を傾げる。

「話したことなかったっけ？」

「ないよ。なんのバイト？」

「家庭教師。子どもと会話が続かなくて困ってる」

「だろうね」

思わず言ってしまった。

「バイトがあるなら、そっちに行かないとだめでしょ。わたしは一人でも大丈夫だから」

「できれば、守矢が危ないことをしないように一緒にいたかったんだけど……」

相模くんは残念そうにしながらも、「なにかあったら連絡してくれ」と言い残し学食に戻っていった。それと入れ替わるように「間違いないね」という一言とともに、隣に志穂子が現れる。

「いきなりなんなの？　なにが間違いないの？」

「相模くんの気持ちだよ。千弦のことを好きなんだよ」

「そんなはずないでしょ」

ありえなさすぎて笑ってしまう。でも志穂子は、あきれ顔になった。

「なにがあったか知らないけど、さっきの相模くんは、千弦と一緒にどこかに行きたそうだったじゃん。千弦がミス研をやめた後も、どうしてるか私に訊いてきたことがあったんだよ。自分のことを語らないタイプだからわかりにくいけど、千弦のことを好きだとしか思えない」

「そんなはずないってば」

「そういう気配を感じたことが全然ないの？」

「ミス研にいたとき、わたしのことをちらちら見てるな、と思ったことはあるけど」

「決まりじゃん、それ。本当に千弦は、しっかりしているようで抜けてる」

「そんな風に言うのはミス研の人たちだけだって。わたしだって、それなりに恋愛経験があるんだよ。相模くんがそう思ってくれてるなら、さすがにわかる。わたしのことを好きなら、どこかに誘ったり、もっと積極的に声をかけたりしてくるだろうし」

「男心がわかってなさすぎる！」

大袈裟（おおげさ）に天を仰ぐ志穂子に、苦笑するしかなかった。


志穂子と別れたわたしは、一昨日に続いて午後の講義をサボり、玲奈のアパートに向かった。亡くなった日、玲奈の様子がおかしかった理由を調べるためだ。風俗店勤務の噂のせいで玲奈と距離をおいていた大学の友だちには訊いても無駄だろうが、近所の人がなにか知っているかもしれない。

同じアパートに住んでいる人たちはインターホンを鳴らしても出てくれないか、出てもドアは開けず、用件を告げている途中で「なにも知りません」などと胡散臭そうに言うだけだった。

訪問範囲をアパートの周りに広げる。すると三軒隣にある、新しくて大きな家に住む中年女性がわたしをリビングに招き入れ、紅茶を出してから話を聞かせてくれた。

事件があった二三日の朝八時すぎ、女性が飼い犬の散歩から帰ってくると、ごみ袋を抱えたままアパートに戻ろうとする玲奈を見かけた。この地域は、ごみは八時までに出す決まりだ。

「キッチンの窓からごみ集積所が見えるんだけど、彼女はいつも七時にはごみを出してたの。だから珍しいと思って声をかけたら、うっかり忘れてて、ぎりぎり間に合わなかったんですって。まだ収集車は来てないし、普段は時間を守ってるんだから今日くらい捨てていいんじゃないかと言ったんだけど、規則を守りたいと返された。見た目どおりのまじめな子だったわね。寝坊でもしたのか訊いたら、『そういうわけでは……』とか口ごもって、答えてくれなかったけど」

うっかりごみを出し忘れることくらい、誰にでもある。ただ、その日はバイト先でも、いつもと様子が違ったという証言があるのだ。前日、葛葉先生と研究室でなにかがあったのではという疑いがますます強くなる。

女性は「主人が、はしたないからマスコミの取材は受けるなと言ってるの。でも、あなたはマスコミじゃないからいいわよね」と言ってその後も玲奈の話を続けてくれたが、ごみを捨てるとき以外はほとんど見かけたことがないらしい。大学生に関する一般論ばかりだったが話に切れ目がなくて、「紅茶のおかわりはいかが？」と言われるまでお暇できなかった。

ようやく女性の家を出たのは、午後四時すぎ。その後も何軒か回ったものの、話を聞かせてくれる人はいなかった。覚悟していたとはいえ、一介の大学生にできることはかぎられていると改めて思い知らされる。ほかに今日できそうなことは、事件当夜の玲奈の足取りをたどることくらいか。どうせなら渋谷からたどろう。風俗街にも行って、わたしを尾行した女性をさがしてみよう。

日吉駅まで戻ったわたしは、東横線で渋谷に移動した。風俗街に着いたのは、午後六時すぎ。一昨日、あの女性に遭遇したのと同じ時間帯だ。なんでもいいから手がかりをつかめないかと思ったのだけれど。

「お姉ちゃん、この前も来たよね」「二人っきりで話そうか」「迷子なら案内してあげるよ」

わたしのことを覚えている人が思いのほか多く、こんな風にからかい半分に絡んできた。人をさがしていると言っても受け流され、肩や腰に手を回される。なんの手がかりも得られないまま、逃げ出すしかなかった。

貴重な時間を無駄にしてしまったことに焦りながら、七時すぎに渋谷の駅前に戻った。スクランブル交差点の傍に立つビルの二階にあるカフェに入り、窓の外を見ながら頭の中を整理する。

玲奈がわたしにＬＩＮＥを送ってきた時間は、午後九時三四分。襲われたのは、それ以降ということになる。近い時間帯に事件現場に行けば、なにかわかるかもしれない。玲奈が渋谷を出たのが何時かわからないが、もう少しここにいてから日吉に戻ろう。

母には〈オレンジバースの仕事が入った。帰りは送ってもらうから心配しないで〉とＬＩＮＥで伝えて、事件が起こってからいまに至るまでに得た情報をスマホに書き出していく。でも、改めて気づいたことはなかった。本当に先生が犯人で、わたしを追い払おうとしているなら、思惑どおりにことが運んでいる――焦りが募っていく。

日吉駅に戻ったのは、一〇時少し前だった。そのまま事件現場まで歩く。

玲奈が死んでいた小道は、既に立入禁止のテープもブルーシートも撤去され、五日前、警察や野次馬が集まっていたのが嘘のように静まり返っていた。そんなはずないのに、左右に並ぶ木々が高くなり、密閉感が増したように思える。街灯がぼんやり光ってはいるが、思いのほか闇が深い。

玲奈は発見されるまで何時間も、たった一人きりで、こんな真っ暗なところにいたんだ。

あの日ブルーシートに覆われていた辺りまで進むと、花束がいくつか供えられていることに気づいた。まさにこの場所に、玲奈は倒れて――。

「――――っ！」

背後に人の気配を感じて、声にならない声を上げてしまった。咄嗟に振り返ろうとした矢先、首筋に痺れるような痛みが走る。頭の中が熱くなり視界がぼやける、と思ったときにはもう、地面に両膝をついていた。体重がそのまま乗り、膝の皿に割れるような痛みが走って一瞬意識がはっきりしたけれど、すぐにまた朦朧としてしまう。

誰なの？　今度こそ振り返ろうとしたのに、頭が重くて動かない。その間に後ろから、ガムテープのようなものを目に貼られた。口にも同じものを貼られる。

おかしな話だけれど、逃げなきゃ、とこのときになって初めて思った。

闇雲に両手両足を動かすと、左手の指先がなにかにかすった。相手が短い悲鳴を上げる。なににかすったか考える間もなく、首筋にさっきと同じ痛みが走った。身体に電気を流されたみたい……そうか。これはスタンガンだ……朦朧としながらそう思ったところで首筋にまたも同じ痛みが走り、わたしは両手両足を無様に広げて仰向けに倒れた。背中の下から、リュックのつぶれる音がする。

下着を見られる心配はなさそう、なんて呑気に考える頭とは裏腹に、全身が震え出した。

護身用に出回っているスタンガンの威力はそれほど強くなく、相手を完全に行動不能にすることは難しいと聞いたことがある。わたしが喰らったスタンガンもそのタイプらしく、電流による痛みは急速に薄らいでいった。でも恐怖で全身が強張り、立ち上がれない。視界が塞がれているけれど、襲ってきた相手——襲撃者がすぐ傍にいることはわかった。体温が伝わる、息遣いが聞こえる、視線を感じる。

でも襲撃者は、なにもしてこなかった。

少しずつ、震えが鎮まってくる。理由はわからないけれど、このままなにもされないかも。芽生えた希望を握りつぶすように。

右耳に、吐息を感じた。

次いで、生あたたかいものが耳たぶを這い(は)ずり回る感触がする。ぺちゃりぺちゃり、としか言いようのない音を伴って。嘘だと思いたいけれど、間違いない。

——舐(な)められてる……。

おぞましさに、鎮まりつつあった震えが一転して大きくなった。

襲撃者の舌が、右耳から離れた。でもすぐに、左耳に同じ感触が走る。次いで、右手と左手にも。唾液まみれになる、わたしの両耳と両手。逃げたいのに身体が動かなくて、ガムテープで塞がれた口からくぐもった悲鳴が漏れ出た。

左手が解放されると、今度は衣ずれの音が聞こえてきた。襲撃者が下着を下ろしている様が思い浮かんで身体が固まり、悲鳴すらとまる。

右耳に、再び吐息を感じる。また舐められるのかと身が竦んだけれど、今度は布の感触がした。どうやら、唾液を拭き取っているらしい。さっきの衣ずれは、ハンカチかなにかを取り出す音だったようだ。左耳と両手も同じようにされる。唾液からＤＮＡが検出されれば個人を特定されるからだと、ようやく気がついた。わざわざこんなことをするなら、最初から舐めなければいいのに。目的がわからないでいると、襲撃者は三度わたしの右耳に顔を寄せて言った。

「カワイスギテ舐メチャッタ」

不鮮明な上に、不自然に甲高い声だった。視界を塞がれる中で囁かれた声に、思考も感情も停止する。

「今日ハコレダケデ我慢シテアゲル。デモ次ニ一人デイルトコロヲ見カケタラ、イクトコロマデイッチャウヨ。僕ハソレデモイインダケドネ」

三章

「顔色が悪いけど大丈夫だよね」

そろそろ定年が近そうな男性巡査は、わたしの顔を見て言った。強張った唇を動かす前に、右隣から盛大なため息が聞こえてくる。

「そんな訊かれ方をされたら『大丈夫です』としか答えられないでしょうが。もっといたわってやってよ、この子は被害者なんだから」

男性巡査は露骨に顔をしかめたが、声の主――土用下さんは不機嫌であることを隠そうともせず腕組みをしている。

この人と、こうして交番に来ることになるとは思わなかった。

*

「僕ハソレデモイインダケドネ」

その一言を残して襲撃者が去ったと理解するまで、かなりの時間がかかった。強い風が吹き、葉のざわめきが仰向けに倒れたわたしに降り注ぐ。それ以外は鼓膜になにも届いてないことに気づいてから、ようやく手を動かすことができた。視界を塞ぐガムテープをゆっくり剝がす。それでも眉毛や睫毛(まつげ)が貼りつき痛かった。次いで口の方のガムテープも剝がし、わたしは立ち上がった……ものの膝に力が入らず、すぐ傍に生えた木に右手をついた。

とにかくこの小道から抜け出したくて、ガムテープを手にしたまま覚束(おぼつか)ない足取りで進む。襲撃者は去ったふりをしただけで、どこかに隠れているのでは。わたしが小道から出る寸前、嘲笑(あざわら)うようにスタンガンを打ち込んでくるのでは。そう思ってしまい何度も振り返ったけれど、無事に小道を抜けられた。まだ膝を伸ばせないままよたよた歩き、とにかく家に帰ろうとしたところで、背後から声がした。

「守矢さん？」

悲鳴を上げて振り返るのと同時に、その場に尻餅をついてしまう。

「ごめんなさい、急に。でも、そんなに驚かなくてもいいでしょう」

目を丸くしながら立っていたのは、土用下さんだった。

「守矢さんと、こんな時間にこんな場所で会うとは思いませんでした。ひょっとして、朝倉さんの事件を調べてたんですか？」

「そうです。その最中、何者かに襲われました」と返そうとしたけれど、唇が強張ってうまくしゃべれない。怪訝そうな土用下さんに、わたしは立ち上がれないまま民家の塀に背を預け、自分の身に起こったことをなんとか説明した。話が進むにつれ、土用下さんの顔が強張っていく。

「――以上です。そろそろ歩けそうだし、今夜はもう家に帰りますね」

「なに言ってるんだ、先に警察だろう！」

土用下さんが大きな声で言う。少し考えてから、言葉の意味を理解した。

「そ……そうですよね、うっかりしてました。しっかりしているようで抜けてると言われることがあるんです、わたし。ミス研の人たちの決めつけだと思ってたけど、的を射てたのかも――」

「しっかりしろっ！」

頬をたたくような声だった。さっきから口調が変わってるな。少し高音だった声音も低くなっている。そう思っていると、土用下さんはわたしの左手を握りしめ、無理やり立たせた。

「駅前に交番があったな。一緒に行ってやる」

＊

こうして交番に連れてこられたわたしは奥の小部屋に通され、土用下さんと並んで男性巡査の前に座っているのだった。

腕組みをする土用下さんに、男性巡査は顔をしかめつつわたしに問う。

「で、なにがあったの？」

「小道を歩いていたら、後ろから襲われたんです」

その一言を皮切りに詳細を説明するより先に、男性巡査はわたしの着衣を眺め回して言った。

「レイプとかそういうことはされてないみたいだね。よかった」

男性巡査に悪気はなく、本当に「よかった」と思っているのだろう。この年代の人なら仕方ない、と自分に言い聞かせ説明を始めようとしたけれど、土用下さんが大袈裟にのけ反った。

「レイプじゃないからよかった？　このご時世に、被害者にそんなこと言うなんて正気？」

「本当のことじゃないか」

男性巡査がさすがにむっとすると、土用下さんは名刺を取り出した。

「そこまで自信があるなら、書かせてもらってもいいですよね？」

たちまち顔を引きつらせる男性巡査を見ながら、土用下さんは顎を上げた。

「あんまり被害者の立場になれないみたいだから、別の人に聴取を替わってもらった方がいいんじゃないですかね。いま、この交番には男性しかいないようだから、所轄署から女性警官が来るまで待ちましょう。もう連絡してるんでしょ？　到着するまでは、この子と二人にさせて」

「……はいはい」

男性巡査は土用下さんを睨みつつ、小部屋から出ていった。わたしがまじまじと横顔を見つめていると、土用下さんが首を傾げる。

「なんだ？」

「声音も口調も態度も、この前とは別人みたいだと思ったんです」

「あ――」

土用下さんは微笑みを浮かべかけたが、すぐに荒々しく腕組みをした。

「もういいや。いままであんたに見せていたのは、取材用の顔。こっちが私の本性だ」

「顔を使い分けてるということですか」

「そんなかっこいいもんじゃない。本性の私に質問されたんじゃ、みんな怯えてまともに話せないと思ってるだけだ」

土用下さんは机に両肘をつくと手を組み、そこに顎を載せた。唇の両端は、不機嫌そうに下に曲がっている。騙（だま）されていたのか。確かにこんな人相手には話しづらいけれど、本性がどうであれ、わたしを助けてくれたことに変わりはない。

「お礼がまだでしたね。ここまで付き添ってくれて、ありがとうございます」

「礼はいい。私のせいで危険な目に遭わせちゃったようなものだからな」

「そんなことありませんよ」

「あるだろう。事件の日、朝倉さんの様子がいつもと違ったという情報を与えれば、あんたは嬉々として動いて、私にはつかめない情報をつかむかもしれないと期待したんだ」

「……ご期待どおりになりましたよ」

癪だったけれど助けてもらった恩があるので、夫がマスコミ嫌いという女性から入手した、玲奈が事件の朝、ごみを出し損ねた話を教える。土用下さんは、にやりと笑って頷いた。

「計算どおりだ。さすが私」

「うれしそうですね」

「悪かった。謝るよ」

土用下さんは、一転して神妙な顔になる。

「大学生を利用するなんて、リストラされそうな部署だからって焦りすぎたね」

「リストラ？」

「『東経ニュース』っていう骨太なニュースを配信するサイトをやってる部署なんだけど、全然アクセス数が伸びなくて、廃止が検討されてる。ウェブで読まれるのは、サブカルやゴシップ系の記事ばっかりだからね。人手が足りなくて、朝倉さんの事件もすぐには取材できなかった」

土用下さんには申し訳ないけれど、そんなサイトは名前も知らなかった。

「だからといって、あんたを利用するような真似をするべきじゃなかった。私が余計なことを言わなければ、あんたが現場に行くこともなかっただろうに」

「あの場所に行ったのはわたしの意思ですから、土用下さんはなにも――」

「下の名前で呼んでくれていい。というより、むしろそうして」

「珍しい名字だから、気に入ってるんじゃありませんでした？」

「気に入ってるよ、取材相手と話をするきっかけになるからね。あんたには本性を見せちゃったから、『報子さん』で頼む。こっちはこっちで、親からもらった名前で気に入ってるんだ。私も『千弦』と呼ぶ」

「急に仲よくなったみたいですね」

「おや？　油断していいのかな？　私が千弦を襲った犯人かもしれないいんだぞ？」

土用下さん――じゃない、報子さんはそう言うと、組んだ両手で口許を隠した。

「そういえば報子さんは、どうしてあそこに？」

「取材だよ。朝倉さんが襲われたのと近い時間帯に現場を歩けば、なにか発見があるかもしれないと思った。でも、この話が本当だという保証はないよね。千弦を襲った後で、なに食わぬ顔をして助けにきた。これで私が怪しまれることはない、と考えたのかもしれないよ？」

「その可能性は低いと思います。報子さんが襲撃者なら、わたしを襲った動機は、玲奈の件から手を引かせることくらいしか考えられません。それならわたしを一人にしておいた方が、恐怖心が増して効果的。こんな風に付き添ってくれるメリットはなにもない」

報子さんが口許から手を離すと、両端がつり上がった唇が現れた。表情がころころ変わる人だ。

「あんなにこわがってたとは思えないほど冷静だ。やるねえ、千弦」

「――どうも」

さりげなく目を逸らして答えると、外から車のとまる音が聞こえてきた。女性警官が到着したようだ。


港北警察署から来た女性警官二人組は、報子さんを追い出した後わたしの話に耳を傾け、被害届を受理してくれた。わたしに貼られたガムテープは証拠品として押収。拭き取られたので望みは薄いけれど、襲撃者の唾液が検出できるかもしれないので耳と手の皮膚片も採取された。

玲奈の事件との関係については「調べてから判断します」と言われた。犯行現場が同じとはいえ、襲撃者が去り際に残した一言は、余計なことをするなという脅迫とも、変質者の捨て台詞(ぜりふ)とも取れる言葉だから当然だ。被害に遭ったわたし自身、どちらか判断がつかないでいる。

一通り聴取が終わると、女性警官は「ご自宅まで車で送っていきます」と言ってくれたけれど、大丈夫だと断った。親に余計な心配をかけたくないし、襲われたなんて知られたらしばらく家から出してもらえない。わたしの考えなど知るよしもない女性警官が「遠慮しなくていいですよ」と繰り返していると、報子さんが交番に戻ってきた。

「その子は私が送っていきますよ。本人が大丈夫だと言ってるんだし、いいでしょ？」

わたしと事件の話をしたいのだろう。報子さんの真意はどうあれ、渡りに船だ。

「この人と帰ります」

わたしの言葉に、女性警官は渋々ながらも頷き、「ストーカーの可能性もあるので、身の危険を感じることがあったら連絡してください」と、電話番号を書いた名刺を渡してくれた。

一緒に交番を出た報子さんは、予想どおり「少し話そう」と言いながら東横線の駅構内に入っていった。後に続く。既に日付は変わっているが、構内にはまだ人の姿が散見される。

報子さんは改札前に設置された、銀色に光る球体型のオブジェの前で足をとめた。

「で、警察はどうだった？」

「被害届は受理してもらえました」

交番でのやり取りを教えると、報子さんは腕組みをした。

「朝倉さんの事件との関係について、警察は判断を保留か。でも、千弦を襲った犯人が変質者じゃないなら、朝倉さんの事件と同一犯である可能性が出てくる。いろいろ調べ回っている千弦が目障りになったんだ。逆に言えば、千弦は真相に近づいているということ。現状、千弦は葛葉先生を疑っている。よって、犯人は先生ということになるな」

「どうして、わたしが葛葉先生を疑っていると思うんです？」

「取材中、千弦が葛葉先生と何度か会っているという話を聞いたんだ。先生のことを疑って、調べてるんでしょ。だから、朝倉さんとつき合っていたことも突きとめたんでしょ」

本当に仕事ができるな、この人。でも、

「葛葉先生は、わたしを脅す必要はないんです。追い払うことに成功したんですから」

来週からオレンジバースのインターンを強制されそうな話をする。

「千弦は、それを受けるつもりなの？」

「迷ってますけど、行きたい気持ちはあります。このことは、葛葉先生も知っています」

「なら先生は、危険を冒してまで千弦を襲わなくてもいいってことか」

「そうです。先生が玲奈の事件の犯人なら、わたしを襲ったのは別人で、変質者と考えられます。襲われたときはパニックになっていたので断言できませんが、先生が普段つけているラベンダー系の香水の香りもしなかったと思います」

「とはいえ、タイミングがタイミングだ。葛葉先生には千弦をどうしても襲わなくてはならない事情があって、変質者のふりをしたとも考えられる。あらかじめ着替えておけば、香水のにおいもしない」

「でも変質者のふりをするなら、舐めなくても、もっと楽な方法があるとも思います」

例えば、身体のどこかを弄るだけでも充分だ。実際、もしそうされたらと想像しただけでぞっとしてしまう。左手で引っ張るように毛先をつまみ、寒気を振り払ってから続ける。

「もちろん、そう思わせることが目的で舐めたのかもしれませんから、先生が襲撃者でないとは断言できませんけど」

「だよね。先生に話を聞く価値はある。いまからでも行ってみないか？　あの人の家は、事件現場からそんなに遠くないんだ。本当に犯人だった場合、まさか襲われたその日のうちに千弦が来るとは思ってないだろうから不意を衝けるよ」

「そうですね……」

考えるふりをして数秒おいたが、答えは決まっていた。

「こんな時間に訪問しても会ってくれるかわかりませんから、今夜は帰ります」

「今夜あったことを、ちゃんと親御さんに話すんだよ」

家の傍まで送ってくれた報子さんは、最後にそう言った。頷いたけれど、心配をかけたくないので両親はもちろん、兄にも話すつもりはない。

そっと玄関のドアを開けたのに、父と母がリビングから飛び出してきた。送ってもらうと連絡があったとはいえ、あまりにわたしの帰りが遅いので、ＬＩＮＥを送ったり、電話をかけたりしていたらしい。未読メッセージや不在着信があることには気づいていたけれど、確認する気力はなく、両親からという発想も抱けなかった。謝ってもリビングに連れていかれ、ものすごく怒られた。明日からは帰りが夜九時以降になる場合は随時連絡するよう厳しく言われた。

両親は、わたしが中学生になってからそれまでと違って伸び伸びさせてくれるようになったけれど、時々こんな風に、もとの管理主義に戻ることがある。

三〇分近く経ってようやく解放されたわたしは、兄を気にしながら自分の部屋に入った。その途端、全身から力が抜けて床に座り込む。両膝を抱えてドアに背を預けると、待ちかねていたように歯がかたかた音を立て始めた。唇が色を失っていくことが、鏡を見るまでもなくわかる。

――僕ハソレデモイインダケドネ。

襲撃者の声が、また聞こえた気がした。殺されるかもしれないと思った恐怖、好き放題に舐められた羞恥、なす術もなく脅された屈辱――それらがないまぜになって蘇り、歯の鳴る音が大きくなっていく。

玲奈が最期の瞬間に抱いた感情は、こんなものではなかったはず。

両膝に、顔を埋めた。

玲奈は最期の瞬間、辛くてこわくて絶望的な思いをしたと考えていた。

でもわたしは、玲奈が抱いたであろう感情に言葉を当てはめ、胸を痛めていただけだった。

それなのに、わかった気になっていた。

そもそもわたしはこれまでの人生で、心の底から辛かったり、こわかったり、絶望的な思いをしたりしたことがあっただろうか？　まったくなかったとは言わないけれど、どんな困難も、そういう感情に押しつぶされる前に乗り越えてきた気がする。

玲奈には、わたしがそういう強さを持った人間であることが、きっとわかっていた。

——千弦ちゃんなら、私がいなくてもたくましく生きてたよ。

だから困ったように笑って、あんなことを言ってたんだ。

玲奈がいなかったら、わたしは誰かと一緒になにかをする楽しさを知らないままだった。でも一人でだって、それなりに楽しい毎日を送っていたのではないか。なにしろ子ども心に、無理に他人に合わせる必要はないと思っていたのだから。

そんな「強いわたし」だから、周りに眉をひそめられても、なにを言われても、構わず玲奈のことを調べ続けた。襲われたばかりなのに、報子さんが襲撃者である可能性は低い理由を解説してみせ、ほめられた。

強いこと自体は誇っていい。でも自覚がなかったから、弱さを知らないことと表裏一体だった。

そのせいで、死の直前以外の玲奈のことまでわかった気になっていた。

親に迷惑をかけたくない一心で風俗店勤務まで考えたことだって、「そこまで思い詰めなくてもよかったのに」という呟き一つで終わりにしてしまった。就職活動や奨学金返済のプレッシャーにどれだけ苛まれていたのか、ろくに考えもしないで。

それは、玲奈に対してだけではないのかもしれない。例えば、伊織ちゃん。彼女の境遇を聞いたとき、わたしなら年下に慰めの言葉をかけてほしいと思わないと判断した。でも伊織ちゃんは、そういう言葉を期待していたのかもしれない。だからわたしがなにも言わず話を進めたとき、苦笑していたのかもしれない。

もしかしたら、ほかの人にも似たようなことを……伊織ちゃんのように、気づかないうちに
……ああ、ミス研の人たちが言っていたとおりだ。

「わたしは、しっかりしているようで抜けていた」

隣の部屋から物音が聞こえてきた。兄が起きている。声を漏らさないように歯を食いしばる。

こんなわたしでも……ううん、わたしだからこそ。


一〇月三〇日。考えた末に、港北警察署に行くことにした。報子さんに話したとおり、葛葉先生が襲撃者かどうかはわからない。でもオレンジバースを利用してまで、わたしを遠ざけようとしていることは事実。そのことを警察に伝えた方がいいと思った。

伝えてからは、自分でも引き続き調べるつもりだった。

襲撃者のことを思い出すと、まだ身体が震える。けれど、あと二日半、絶対にあきらめない。

洗面所の鏡に映ったのは、寝不足であることが一目でわかる顔だった。いつもよりメイクを濃くして家を出る。空は今日も鉛色の雲に塞がれているが、一〇月下旬の割に気温は高く、すぐにストールをリュックにしまった。菱田さんなら話を聞いてくれるだろうと思いながら住宅街を抜

け、駅に続く商店街に差しかかったところで。

「お出かけのようですが、少し時間をもらえるかな」

その菱田さんが、前方から現れた。


菱田さんは、橋本さんと一緒にわたしの家に向かっている途中だったらしい。駅前にあるドーナッツがおいしいカフェに移動して、三人で奥のテーブルに着く。

「わたしも菱田さんとお話ししたかったんですけど、先にそちらのご用件からどうぞ」

「昨日の夜、ひどい目に遭ったらしいですね。私のせいだ。君が危ないことをしないように、もっとちゃんと引きとめるべきだった。申し訳ありません」

菱田さんが深々と頭を下げると、橋本さんもそれに倣った。わたしは、慌てて首を横に振る。

「菱田さんはなにも悪くありませんよ。もしかして、謝るためにわざわざ来てくれたんですか」

「それもありますが、また恭志郎から電話があって、君の様子を見にいってほしいと頼まれたんです。君は来週から、オレンジバースのインターンに行くそうですね。そのぎりぎりまで葛葉先生のことを調べると、あいつに告げたらしいですね。恭志郎は『どうなったか知りたくてLINEを送っても既読にならないし、電話をかけても出ない。俺は家の場所を知らないから、様子を見にいってほしい』と言ってました」

相模くんからもLINEが来てたのか。未読メッセージが溜まっているけれど、昨夜襲われてからチェックする気力がないままだ。

「恭志郎は心配そうでしたよ。あいつのあんな声は、初めて聞きました」

「相模くんがわたしのことを、そこまで気にかけてくれるなんて」

　意外すぎて思わず呟くと、菱田さんと橋本さんはそろって苦笑した。

「なんですか」

「君はやっぱり、割りと鈍いところがあるみたいですね」

　この人たちも志穂子と同じく、相模くんがわたしのことを好きだと言いたいのだろうか。いろいろわかった気になっていたわたしだけれど、これに関しては誤解だと思う。

「相模くんには心配をかけて申し訳ないですが、ＬＩＮＥをチェックしてなかっただけです。では、わたしの用件を聞いてください」

　インターンが始まりそうなのは、葛葉先生の差し金であることを伝える。菱田さんは表情を変えなかったが、橋本さんは困ったように眉根を寄せて言った。

「オレンジバースを巻き込むなんて、確かに葛葉先生はやりすぎです。でもそのことが、朝倉さんの事件と関係しているとはかぎりませんよ。こう言ってはなんだけど、ただの女子大生にすぎない守矢さんをそこまでして追い払う必要があるとは思えません」

「わたしが自分でも気づかないうちに、先生にとって都合の悪い情報をつかんでいるのかもしれません」

「そういうものに心当たりがあるんですか？」

「ないですけど、それだけじゃないんです」

　わたしが最初に「玲奈」と口にしたとき、葛葉先生が動揺した様子だったことも話す。でも橋本さんは苦笑いして、軽い口調になった。

「そう言われてもねえ。守矢さんが、そういう印象を受けたってだけでしょ？　守矢さんの話はわかったから、もう葛葉先生を疑うのはやめにして――」

「葛葉先生に疑わしい点がないわけではありません」

　菱田さんの言葉に、橋本さんは慌てふためく。

「ぶ、部外者に捜査情報を漏らすのはまずいでしょう！」

「これくらいなら構わない」

　菱田さんはさらりと流したけれど、わたしも驚いていた。いいわけがないのに。

「君は既に知っているようだが、葛葉先生は朝倉さんとつき合っていた。警察（われわれ）が先生からそのことを知らされたのは、一昨日だ。学部長には事件発覚当日に打ち明けていたらしいが、警察に教えなかったのは知られたくないことがあるからかもしれない。しかも――これももう知っているかもしれないが――朝倉さんは事件の日、いつもと様子が違ったという証言もある。君に相談したいとＬＩＮＥを送ったこともあって、葛葉先生とトラブルが生じたと考える捜査員もいた。先生は朝倉さんとの関係は円満だったと主張しているが、疎遠になっていた守矢さんに頼ろうとしたくらいだから、別れ話のもつれなど深刻なトラブルがあったのではという意見も出た」

　わたしの考えと同じだ。

「しかし捜査員が近所に聞き込みすると、事件のあった二三日の夜一〇時半ころ、隣人が、先生の家の一室に電気がつくのを目撃していたことがわかったんです。窓の大きさからして、どうやらトイレの電気だったらしい。日吉駅近辺の防犯カメラから、朝倉さんは一〇時半には事件現場に到着したと見られる。そこから先生の家までは徒歩一〇分ほど。ぎりぎりではあるが、間に合わない。随分前に離婚している葛葉先生には、同居している家族もいない。念のため、先生に番号を教えてもらって別れた奥さんに電話しましたが、『離婚してから一度も顔を合わせてないので話すことはなにもない』と言われました」

「電気をつけるだけなら共犯者に頼めばいいですし、タイマーを使うとかいくらでもトリックがありそうですけど」

「そういう意見も出ました。ただし隣人は、その時間、タバコを吸うためたまたまベランダに出たそうです。前日まで禁煙していたから、あの日あの時間に出てくることは誰にも予測できなかった。アリバイ工作に利用するには不確定要素がありすぎるから、わざわざ共犯者を用意するとは考えにくい。トリックに関しても同じことが言える」

「でも、先生が家にいたという証明にはなりませんよね」

「もちろん。ですから現状、捜査本部は、葛葉先生を積極的に疑ってはいないものの、要注意人物としてマークは続けています。朝倉さんとの間にトラブルがあったことが確認されれば、改めて話を聞くことになるでしょう」

「もしトラブルが確認されなかったら？」

「先生が犯人の可能性は低くなりますね。しかし、通り魔の犯行などほかの線でも同時並行で捜査しているから心配無用です」

「玲奈がなにかに悩んでいたことは確実なんです。それが事件と関係あるに違いないから、通り魔の可能性はないでしょう」

「彼女に悩みがあったことは確かでしょうが、それが命を奪われるほど大事（おおごと）だったとはかぎりません。事件当日まで、おかしな様子もなかったようですから」

「大事(おおごと)でなければ、玲奈がわたしに相談しようとするはずないんです」

「そうかもしれませんね」

食い下がるわたしを、菱田さんは軽く受け流した。玲奈にとって相談するということがどんなに大変なことか、やっぱりわかってない。

「警察(われわれ)がちゃんと捜査していることがわかったでしょう。あとは任せなさい」

任せます、と即答はできなかった。一応とはいえ先生にアリバイが成立している以上、警察は、ほかの線の方を有力視しているのではないか。ただ、先生がアリバイトリックを使っていたことを証明できれば、疑いは一気に濃くなる。あと二日半で、それを突きとめれば——。

菱田さんが、わざとらしく肩をすくめた。

「どうやら、まだ先生のことを調べ続けるつもりのようですね。もし君の身になにかあったら、私の責任問題になるな。事件にかかわろうとする一般人を、再三とめられなかったんだから。しかも襲われた翌日には、捜査情報を漏らしている」

え？

「漏らした情報が君の行動に影響したと橋本が証言するだろうから、処分は免れない」

「私が菱田さんの不利になるようなことを言うはずが——」

「証言するよな、橋本」

押しつけるような口調を受けて菱田さんの意図を理解したのか、橋本さんは勢いよく頷いた。

「証言します！」

「というわけです、守矢さん。私のためを思うなら、もうなにもしないでほしい。襲ってきたのは変質者かもしれないのだから、しばらく夜間の外出も控えてもらいたい」

この話に持っていくため、捜査情報を漏らしたのか。テーブルの下で両拳を握りしめてしまう。

「ずるいですね」

「かわいい従兄弟のためなら、いくらでもずるくなりますよ。まだ迷っているようですが、明後日からのインターンに——」

「もう迷ってません。インターンには行きます」

いろんなことがわかった気になっていた「強いわたし」だからこそ、困っている人や悩んでいる人に手を差し伸べる仕事をしよう、それも一日も早く。昨日の夜、そう決意したのだ。

玲奈の事件はそれまでに——あと二日半で、絶対に解決してみせる。

菱田さんは、言い切ったわたしに少し戸惑ったが、最後には「それはよかった」と頷いた。


「菱田さんの迷惑になるようなことはしません」

そう言うのが精一杯のわたしに、菱田さんは仏頂面のまま返した。

「『もうなにもしません。夜間の外出も控えます』が満額回答ですが、充分だ」

それからカフェを出たわたしは、菱田さんたちを東横線の改札まで見送った。二人がホームに続く階段を下りて見えなくなると、柱に寄りかかってスマホを取り出す。相模くんに心配をかけたことのお詫びとお礼を言いたかった。ちゃんと顔を見て伝えたくてビデオ通話をかけたけれど、最初の呼び出し音が鳴り終わる前に切られてしまう。忙しいのかと思ったら、音声通話で折り返してきた。

「もしもし」

〈切っちゃって悪い。休みの日で髪がぼさぼさだから、見られたくなかった〉

そんなことを気にするタイプだとは思わなかった。まさか、わたしが相手だから？　志穂子や菱田さんたちの影響で一瞬だけ余計なことを考えたけれど、すぐにありえないと思い直した。

〈で？　どうした？〉

「さっきまで、菱田さんと会ってたの。相模くんに、随分心配をかけちゃったみたいだね。ごめん。でも大丈夫だから。お気遣い、どうもありがとう」

お互い顔は見えないけれど、頭を下げた。昨夜のことは内緒にしておく。余計な心配を増やすだけだし、菱田さんが相模くんに話すこともないだろう。

〈ありがとうって……いや……あ……え……〉

相模くんは、らしくなくまごついてから沈黙した。

「相模くん？　どうしたの？」

〈なんでもない。ご丁寧にどうも〉

返ってきた声は、なぜかいつも以上に素っ気なかった。相模くんの感情については菱田さんたちより正確に把握していると、改めて確信する。

本当にわたしのことを好きなら、お礼を言われたらもっとうれしそうにするに決まってる。

相模くんとの電話を終えたわたしは、目的地を決められないまま、ひとまず大学を目指して歩き出した。これから、どうしたらいいだろう？　オレンジバースのインターンまであがけるだけあがくつもりだったけれど、菱田さんに迷惑はかけられない……。

リュックの中でスマホが着信音を奏でる。取り出すと、葛葉先生からの電話だった。

〈土曜日なのに恐縮ですが、会って話がしたいんです〉

葛葉先生がそう言うので、菱田さんたちと行ったばかりのカフェで待ち合わせることにした。駅前にはほかにもお店があるけれど、ドーナッツが食べられるのでここがいい。昼間のカフェで危険な目に遭うはずないから、菱田さんに迷惑をかけることもない。

先ほどと同じテーブルで待っていると、先生は二〇分ほどでやって来た。大学は休みだというのに、今日も癖の強い髪を整え、きっちりスーツを着ている。でも、やはり目の下にはクマがあり、顔色も悪く、まともに睡眠を取れていないことが一目でわかった。

玲奈のことを、そこまで？　胸が締めつけられる一方で、わたしを襲ったから興奮して眠れなかったのかもしれないと勘ぐってしまう。

レジでドリンクを買った先生が、わたしの向かいに座る。玲奈からもらったという香水のにおいに鼻孔をくすぐられた。

「急にすみません。どうしても守矢さんと直接お話したかったんです。昨夜、暴漢に襲われたと聞いたものですから」

「誰からそれを？」

「東経新聞の土用下さんです。昨夜遅く――日付の上では今日ですね――、ちょっと非常識な時間帯に家に来て、教えてくれました。守矢さんはものすごく怯えて、べそべそ泣いていてかわいそうだったと言ってましたよ」

報子さんはあの後、先生の家に行ったのか。それに関してとやかく言うことはできないけれど、わたしのことをそんな風に話したなんて。

先生が頭を下げる。

「すみません。言い方に配慮が足りませんでしたね」

「お気になさらず。報子さんには、ちょっとむっとしましたけど」

「報子さんと呼んでるんですか。随分親しいんですね。僕には無理です。彼女は油断できない」

「そうですか」

「ええ。ドア越しに話すだけにしたかったのに粘られて、結局、家に上がり込まれてしまいました。しかも守矢さんの話をした後、僕がさっきまでどこでなにをしていたか訊いてきましたよ。家にいたと答えましたが、信じてくれたかどうか。僕の仕業だと確信したら、飛びかからんばかりの気配を漂わせてましたね」

報子さんはわたしのため、夜更けに先生の家に行ってくれたのだろうか。わたしがかわいそうだったという話も、先生の罪悪感を刺激するためにしたのかもしれない。

「報子さんは、よくわからない人ですよね。それはそれとして、わたしは元気です」

胸を張って答えた。先生が襲撃者なら、わたしがどれだけ怯えているか観察するために会いにきたのかもしれないのだ。弱気なところは見せたくない。

「ご用件はそれだけですか?」

「いえ、ここからが本題です。土用下さんが帰ってからずっと考えていたのですが、君を襲った人物を一緒にさがしませんか」

意味が理解できなくて、なんの反応もできなかった。先生は、真剣そのものの顔つきで言う。

「女性に、しかも朝倉さんの友だちにそんなことをする輩(やから)は絶対に許せません。協力して犯人をさがしましょう」

□□□□

「君を襲った人物を一緒にさがしませんか」

葛葉のその一言は、明らかに守矢の虚を衝いた。予想外すぎて、なんの反応もできないようだった。ゼミにも、葛葉の質問に自信満々に答えておきながら的はずれであることを指摘されると、こんな反応をする女子学生が時折いる。あの女どもと重なってしまう。

とはいえ——。

葛葉がなにを思ってこんな提案をしてきたのか、守矢には見当もついていないに違いない。

□□□□

「協力して犯人をさがしましょう、とおっしゃいました?」

「はい」

聞き違いだと思ったからではなく時間を稼ぐため訊ねたわたしに、葛葉先生は即答した。

「警察に任せておくべきなのでしょうが、じっとしていられないんですよ。守矢さんが明後日のインターン開始まで、僕のことを調べられるだけ調べたいことはわかっています。その時間を奪うことになって心苦しいのですが、被害に遭った守矢さんだからこそつかめる手がかりがあるはず。一緒に行動すれば僕にいろいろさぐりを入れられるから、守矢さんにもメリットがあります。いかがです？」

ストロベリー味のドーナッツを齧(かじ)りながら、先生の真意を考察する。

わたしにだけメリットがあるような言い方だけれど、わたしを監視下に置けるのだから先生にもメリットがある。こんな申し出をしてきたということは、やはり先生が玲奈を殺した犯人なのではないか。そこまでして監視したいのなら、わたしは先生にとって都合の悪い情報をつかんでいるという考えは正しいのではないか。その場合、襲撃者と先生の関係はどう考えればいいのだろう。わたしと一緒に行動する口実にしようと先生自身が襲ってきたのか、まったくの無関係だけれど口実に使うことにしたのか。

もちろん、先生は玲奈の事件の犯人でもなんでもなくて、純粋に襲撃者を捕まえたいだけとも考えられるけれど。

現状では、どれも決め手に欠ける。ただ、やりようによっては、わたしに有利になる。先生が危害を加えるために誘ってきたなら、こんな人目のあるところでこの提案を持ちかけてくることはないだろう。菱田さんに迷惑をかけることもなさそうだし、だったら——。

ドーナッツをお皿に置き、わたしは頷いた。

「わかりました。一緒に襲撃者をさがしましょう」

「ありがとうございます。守矢さんなら、そう言ってくれると思いました」

「でも、その前に」

先生がついた安堵の息に重ねて、わたしは言う。

「先生のお家にうかがわせてください」


「玲奈が好きになった人がどんな家に住んでいるのか、見てみたいんです。ぜひ、連れていってください。その後で、渋谷のレストランにご案内します。個室で落ち着けて、おいしいお店があるんです。襲撃者については、そこで話しましょう」

「朝倉さんですら一度しか来たことがないのに、つき合っているわけでもない女子学生を家に連れていくのは、さすがに……それに、渋谷まで行く必要もないでしょう」

「先生が玲奈の事件に関係しているとさんざん疑ってしまったから、お詫びがしたいんです。そうでないと、一緒に襲撃者をさがす気持ちにはなれません」

先生は、わたしの意図をさぐるような眼差しを向けてきた末に息をついた。

「――まあ、いいでしょう」

「なら、お店を予約しますね」

わたしは早口にならないように気をつけながら応えると、スマホを手に取った。土曜日の昼間だから混んでいたけれど、運よく席を確保できた。先生の位置からディスプレイが見えないように気をつけながら、予約を取った後で発信履歴からメッセージも送信する。

それから二人でカフェを出て、先生の家に向かった。

「先生は、いつからこの街に住んでるんですか」

「三〇年ほど前、慶秀大学に入学してからですね。いまの家には二〇年以上です」

わたしや玲奈が生まれたときにはもう、先生は大学を出て働いていたんだ。玲奈がそんな人と恋愛していたことに、いまさらだけれど不思議な感じがする。

その後は、昔の慶秀大学の様子や、かつて商店街にあったお店など、事件とは無関係の話を続けた。傍目には、仲のいい先生と学生に見えたことだろう。

「女子学生を家に連れ込んだと思われては困るので、裏道を通らせてください。人目もないので、誰にも見られず家まで行けます。朝倉さんにも、そうしてもらいました」

そう言われたときは少し警戒したけれど、カフェでわたしと話している姿を目撃されているのだ。わたしになにかしたら自分が犯人だと自白するようなものなので、おとなしくついていく。

先生の言うとおり、誰ともすれ違うことなく葛葉家に到着した。築年数がだいぶ経っていることが一目でわかる、二階建ての日本家屋だった。独り暮らしには広すぎるだろう。

「この家を買ったときは、まだ結婚してたんですよ。引っ越そうと思ったことは何度もあるのですが、仕事が忙しくて後回しにしているうちに面倒になってしまいました」

わたしの考えを読み取ったように、先生は苦笑交じりに言った。二階の窓は、雨戸がすべて閉じられている。普段は一階しか使っていないようだ。

「すみませんが、少し待っていてください。最低限の片づけをしてきます」

見られては困るものを隠すつもりなのではと勘繰ったが、さすがに強引に上がり込むことはできない。「わかりました」と答えるしかなかった。

□□□□

この家のすぐ外、玄関のドアを一枚隔てたところに守矢千弦がいる。それを思うと、全身を流れる血液が沸騰するような感覚を覚えた。

向こうから来てくれたんだ。せっかくだし殺そうか。これまで何度も妄想してきたとおり、長い髪で首を絞めてしまおうか。それとも薄い胸を、朝倉のように刺してしまおうか。胸に関してはこれまで思い浮かばなかったことが不思議なくらい、すてきなアイデアに思えた。襲われたばかりなのにおとなしくしていなかったから自己責任だと、警察も許してくれるのではないか。

「落ち着け！」

魅力的すぎる誘惑を振り払うため、先日と同じ言葉を、先日より強い口調で吐き捨てた。

朝倉が次にこの家に来たとき、こっそり殺し、死体を隠すことが最善なのではと考えたこともあった。しかし隠せるような場所はない。ばらばらにして押し入れの奥深くに押し込めたとしても、少しでも腐臭が漂ったら気づかれてしまうから断念したのだ。守矢にも、同じことが言える。

「なにもしないでやる、守矢。感謝しろ」

しかし守矢は、こちらの厚意を確実に無視する。朝倉が好きになった人がどんな家に住んでいるか見てみたい、だと？　そんな理由で来るはずがない。必ずなにかしかけてくる。

なにをするつもりか、薄々予想はつくが。

□□□□

葛葉先生の家の中はリフォームをしたようで、外観の印象ほど古くなかった。玄関を上がってすぐのところに台所とつながったリビング、その右隣には襖(ふすま)が閉ざされた和室がある。

リビングに足を踏み入れた瞬間、図書室を連想した。廊下側の壁際に、天井近くまである木目調の本棚が設置されていたからだ。中には、サイズも色もさまざまな本が整然と詰められていた。

室内は一〇畳以上あるだろうに狭く感じるのは、この本棚が生み出す圧迫感のせいか。

部屋の右奥には横に長いソファが、庭に面した掃き出し窓と垂直に置かれている。

「どうぞ」

先生に促され、ソファに腰を下ろした。玲奈もここに座ったのかもしれないと思うと落ち着かなくて、きょろきょろ辺りを見回してしまう。

ソファの前には丸テーブルが、さらにその前には薄型テレビがあった。テレビはそれなりに新しいようだが、壁との間には一昔前のドラマでしか見たことがないＣＤやビデオのデッキなどが雑然と積まれている。本の扱いとの落差が激しい。

ソファの後ろには和室につながるドアと、天井からぶら下がる形で設置された神棚があった。ソファがここにあっては、ドアを開け閉めできない。ほとんど使われていないのだろう。

右側を見遣る。掃き出し窓の向こうに広がる庭には、枝が刈り込まれた金木犀(きんもくせい)が植えられていた。

「すてきなお庭ですね」

「ありがとうございます。お茶がいいですか？　それともコーヒー？」

「家を見たかっただけですから、お構いなく」

答えると、スマホをチェックするふりをして合図のメッセージを送った。次いで言う。

「トイレをお借りしてもいいですか」

「どうぞ。廊下に出て左に行った突き当たりに――」

先生が語尾にたどり着く前に、ジャケットの胸ポケットからスマホの着信音が鳴った。スマホを取り出した先生は、黙ってディスプレイを見つめる。着信音は鳴り続ける。

「電話がかかってきたんですよね。わたしに構わず、どうぞ出てください」

「土用下さんからなんですよ。番号は教えたけど、昨日の夜も来たからたいした用じゃないでしょう。出なくてもいいかな」

「逆に言えば、昨日の夜来たばかりなのに先生に話したいことができたのかもしれませんよ」

先生の視線が、スマホからわたしに移る。不自然な言い方になってしまったかと焦ったけれど、先生はすんなり頷いた。

「それもそうですね――もしもし」

受話口から、報子さんの声が聞こえてくる。先生が電話に出たふりをしたわけではない。

「トイレをお借りします」

小声で言って、リビングを出た。廊下を挟んだリビングの対面には、トイレの側から順に、洗面所兼お風呂場、踊り場から先が左に曲がった二階に続く階段、扉が閉ざされた部屋がある。

後、で、これらも全部調べよう。せっかく報子さんが、計画どおり電話をかけてくれたのだから。

先ほどランチを予約した後、報子さんの電話番号宛てにこういうメッセージを送った。

〈合図を送ったら葛葉先生に電話をかけて、適当に長話をして気を引いてください〉

当然、報子さんは理由を訊ねてくると思ったけれど、即座に来た返信はこれだった。

〈了解。やっぱり葛葉は怪しいよね。昨日の夜、私の本性も見抜きやがった。油断するなよ〉

私情が入りまくっているけれど、協力してくれるのはありがたかった。この家に来てから合図のメッセージを送ると、報子さんは手筈(てはず)どおり先生に電話をかけてくれた。

こんなことをしたのは、先生に気づかれないように窓の鍵を開けるためだ。

この後で渋谷に行くため駅に移動するけれど、電車に乗ったらドアが閉まる直前、わたしは電話がかかってきたふりをして降りる。先生には〈すぐ行くので少し待っててください〉とお店の場所を記載したメッセージを送る。そうしておきながら先生の家に戻り、鍵を開けた窓から侵入、玲奈の事件につながる手がかりがないかさがす。事件の夜、アリバイ工作をした証拠――トイレの電気を遠隔操作するための装置や、隣家のベランダに人が出てこないか監視できるカメラなど――を見つけられれば最上だ。わたしが店にいつまで経っても来ないことを先生が不審に思っても、一時間は余裕があるだろう。

家宅侵入はれっきとした犯罪だけれど、手段を選んでいる場合ではない。先生が無実だったら自分がしたことをすなおに打ち明けて謝って、許してもらえなかったら警察に自首しよう。

この家に来ることも、渋谷のレストランを予約したことも強引ではあったけれど、ここまではうまくいっている。あとは先生に気づかれないように、窓の鍵を開けるだけだ。

階段を背にする形で、和室の前に立つ。この部屋の掃き出し窓も庭に面していることは、家に上がる前に確認済みだ。その窓を開けるつもりだった。

和室の襖は新しく、少し前に取り換えられたばかりのようだった。その割には建てつけが悪く、力を込めなくてはならなかったけれど、なんとか音を立てずに開けることができた。暇はないので襖を開けたままにしておこうと決めて中に入った途端、畳が思いのほか大きな音を立てて軋み、全身が凍りついた。先生は気づいていないようで、隣から電話に相槌を打つ声が聞こえてくる。深呼吸して目を凝らし、薄暗い室内を見回す。

六畳ほどの和室に敷かれた畳は、方々に凹凸があった。床には本が積まれていたり、非常用と思しき水やカップ麺の段ボール箱のほか、電化製品の箱が置かれたりしている。物置代わりにしているようだ。

できるだけ音を立てないようにしつつも急いで、縁側の窓を目指して進む。最初の一歩ほど大きな音はしなかったけれど、こんなところを見られたら言い訳できない。先生が電話しながら、様子を見にこないともかぎらない。それを思うと、室内の空気はひんやりしているのに、額に汗が滲んできた。窓まであと六歩——五歩——四歩——いける、と確信したそのとき、積まれた本の上に置かれたスマホの箱が、わたしの右足に落ちてきた。この前、研究室に行ったとき、先生が編集者らしい人とスマホの話をしているのが聞こえてきた。あのとき先生が言っていた安物の機種の箱だろうと観察する余裕があったし、軽くて、足に当たっても痛くなかった。でも、

「わっ！」

自分でも驚くほど大きな声を上げてしまった。咄嗟に両手で口を塞いで全身の動きをとめる。

先生が来る気配はない。胸を撫で下ろす寸前。

みしり
背後から、なにかが軋む音が聞こえた。身体が内側からひび割れるのではないかと思うくらい、鼓動が激しくなる。

いまのは廊下が軋む音？　先生が部屋の外からわたしを見ている？　後頭部にちりちりと視線を感じる？

両手で口を塞いだまま動けないでいたけれど、それ以上は音がすることも、声をかけられることもない。言い訳はなに一つ浮かんでいないけれど、破れかぶれになって振り返る。

誰も、いなかった。

さっきの「みしり」は、ただの家鳴りだったらしい。これだけ古い家なら珍しくないのだろう。後頭部に感じた視線は、ただの気のせい。

耳を澄ますと、先生が気のない相槌を打つ声が、壁越しに時折聞こえてきた。胸を撫で下ろし、そっと歩を進め掃き出し窓の鍵を開ける。同じ歩調で和室を出ると襖を閉め、トイレに入った。一応さがしてみたが、アリバイトリックの痕跡らしきものはなかった。仮にトリックを使ったとしても、ここにそのままにしておくはずはないか。

リビングに戻ると、先生はまだ電話中だった。それを横目に見ながら、ソファに腰を下ろす。

「――ええ、はい。すみませんがお客さんが来ているので、これで失礼します――いえ、もう特にお話しすることはありませんよ――では」

先生が電話を切ると、わたしは素知らぬ顔をして訊ねた。

「報子さんは、なんの用事だったんですか」

「朝倉さんとの関係について、改めて訊かれました。話す必要がないので受け流していたのですが、しつこかったですね。事件に関する彼女の見解も、一方的に聞かされましたし」

「そうですか」

話を引き延ばしてくれた報子さんに心の中で感謝していると、先生は不意に言った。

「トイレは、わかりにくい場所にありましたか」

「そんなことありませんけど」

「そうでしたか。守矢さんが廊下に出てからトイレのドアの開く音がするまで、少し間がありましたから」

和室にばかり気を取られ、そちらにまで気が回らなかった。

「友だちから来たＬＩＮＥに返信してたんです」

動揺を隠し、強引に話を逸らす。先生はスマホを手にしたまま、隣に腰を下ろした。近い。

「こんな風に並んで話しました。少しお茶をしただけで、すぐに帰ってもらいましたよ。彼女は泊まりたそうにしていましたがね」

あんなにちっちゃくて、中学生でも通じそうな見た目をした玲奈が、好きな相手の家に泊まりたがったなんて。もう大人なのだから不思議でもなんでもないけれど、先生との仲を隠そうとしていたことと矛盾する気がする。そんな判断もできなくなるくらい、先生のことが好きだったのだろうか？　ここに座っていた玲奈の感情に思いを馳せてしまう。

「先生は、まじめなんですね」

ちょっとぼんやりしながら言うと、先生は苦笑した。

「恋人であると同時に、准教授と学生の関係でもありましたからね。別れた妻にも、ちゃんと話をしなくてはと――いや、そんなことより」

話を変えようとした先生を遮るように、スマホが鳴った。

「失礼。今度は仕事のメールです」

先生はそう言いながら立ち上がり、スマホをいじり始めた。いいタイミングだ。先生はトイレに行ったふりをしたことを、また詮索するつもりだったのかもしれない。ランチの予約までまだ時間があるけれど、さっさと出てしまおう。先生がスマホをジャケットのポケットに戻したタイミングで、わたしは言った。

「玲奈の思い出に触れられたようで、うれしかったです。少し早いけど、あまり長居しても申し訳ないですし出ませんか」

「そうですね」

頷いた先生は、リビングを出るとトイレの方に曲がった。用を足すのかと思ったら、襖を開ける音が聞こえてきた。まさか……。

わたしが廊下に飛び出すと、先生は、すぐに和室から出てきて襖を閉めた。

「よく戸締まりを忘れるので念のため確認したら、縁側の窓の鍵が開いてました」

苦笑を浮かべながら言われても、鵜呑みにできるはずがなかった。

さっきのは家鳴りじゃない、やっぱり先生が見ていたんだ。わたしが渋谷のレストランを予約した理由も見抜かれていた。だからこうやって、これみよがしに閉めてみせた……。

「気をつけてくださいよ、先生」

内心の悔しさを、先生と同じ笑みを浮かべてごまかす。でも、電話をしながらわたしの動向を気にしていたということは。

この家にはまだ、玲奈の事件につながるなにかが残されているのかもしれない。


あまり会話がないまま、渋谷のレストランに移動した。駅に直結したビルの上層階にある、アジア料理のお店だ。

「随分とお洒落な店ですね」

ウエーターが下がって個室で二人きりになると、葛葉先生は物珍しそうに辺りを見回した。ほんのり赤みを帯びた薄暗い照明、品を損なわない程度に装飾が施されたテーブルと椅子、耳に心地よい異国風の音楽。雰囲気のいい店だと、わたしも来る度に思う。

「守矢さんは、こういう店をよく知っているのですか」

「まあ、それなりに」

「僕は自分のセンスに自信がないので、うらやましいです」

「ありがとうございます」

謙遜しても仕方がないのですなおにお礼を言って、メニューを広げる。

「守矢さんのオススメでいいです」

フォーかガパオライスがオススメだけれど、先生が麺類はあまり好きではないと言うので後者にした。料理がすべて運ばれてきてから、わたしは深々と頭を下げる。

「先生が玲奈の事件に関係していると疑ってしまい、申し訳ありませんでした」

「謝らないでください。どうせいまも疑っているんでしょうから」

先生は、さらりと言って続ける。

「それより、守矢さんを襲った人物の件です。僕はその人物が、朝倉さんの事件の犯人でもあると考えています。守矢さんは朝倉さんのことを調べていた上に、現場はどちらも同じ。偶然の一致とは思えません」

「その可能性はありますね」

「次に、守矢さんを襲った理由です。守矢さんは、無自覚のうちに犯人にとって都合の悪い情報を知ってしまった。だから、これ以上は余計な詮索をしないように脅してきたのではないでしょうか。そのことを隠すため、変質者のふりをした」

「その可能性もあると思います」

その理由で先生が襲ってきたとも考えられますね、と心の中でつけ加える。

「犯人に襲われそうな情報に心当たりはないのですか」

「ありません」

「でしたら、一緒に記憶をたどってみませんか」

え？

「守矢さんは、朝倉さんの事件を知ってから現在に至るまで見聞きした情報を僕に話す。僕はそれに、適宜(てきぎ)質問を挟む。こうすることで守矢さんは自分の記憶を客観視できるので、犯人につながる情報を見つけられるかもしれない。一種のブレインストーミングですね。手前味噌(みそ)ですが、僕はこうやって学生の研究テーマを引き出すのが得意なんですよ。いかがです？」

「そうですね……」

ほんのりレモンの味がするミネラルウォーターに口につけながら考える。

犯人の手がかりをつかむためには、有益な提案に聞こえる。でも当の葛葉先生が犯人なら、わたしは自分が知っている情報をすべてさらけ出すことになってしまう。わたしにそうさせることが、先生の目的なのかもしれない。だったら、ここは——。

「守矢さんは僕を疑っているのだから、無理にとは言いません。それでも少しは信用して、見聞きした情報の一部でも話してもらえるとうれしいのですがね」

「襲撃者は、わたしの耳と手を舐めました。報子さんにも話しましたが、変質者のふりをしたかったなら、もっと楽な方法があったはずです」

わたしが前触れなく始めた話に、先生は怪訝そうにしつつも応じる。

「変質者であるという印象を強めたかったのでは？」

「だとしても、唾液が残るかもしれない危険を冒すでしょうか。もし皮膚片から唾液が検出されてDNA型鑑定をされたら、決定的な証拠になってしまうのに。それでも舐めたのは、変質者であると同時に、男性であるという印象を強めたかったからとは考えられませんか」

「印象もなにも……襲撃者は男性だったのでしょう？」

「ガムテープで目を塞がれていたので、相手の顔は見てません。声だって不鮮明な上に、不自然に甲高かった。ハンカチかなにかを口に当てて、地声がわからないようにしてしゃべっていたのだと思います。つまり、犯人は女性」

「一理あるとは思いますが……守矢さんがされたことは男性的のような……」

先生は当惑しながら、非論理的なことを口にする。その様を見て、信用できると少し思った。

襲撃者は女性だと思わせた方が先生にとって都合がいいのに、否定しているからだ。

「先生を試すようなことを言いました。印象論ですけど、わたしも襲撃者は男性だと思ってます。襲撃者が女性で男性の仕業に見せかけたいなら、偽の証拠として、もっと目立つものを残すとも思います」

「なるほど。僕の反応を見たかったわけですか」

「ごめんなさい。でも女性である可能性もゼロではないと思ってますよ。玲奈のことを調べ始めてから、後をつけられたことがあるんです。わたしを襲ったのは、あの人かもしれませんから」

渋谷の風俗街で、赤いドレスのような服を着た、髪が長い、女性にしては体格のいい人物に尾行されたこと。メイクで顔はよくわからなかったけれど会ったことがある気がして、玲奈の知り合いか訊ねたら逃げ出したこと。その話をすると、先生は言葉を選ぶようにしながら言った。

「それだけ特徴があるなら、どこの誰か絞れそうな気がしますが」

「自分で言うのもなんですけど、知り合いが多いですから」

「それでも絞ってください」

「強引ですね」

「そうもなりますよ。朝倉さんが風俗店の面接に行った帰りに、そういう女性に尾行されたと言っていたことを思い出したんですから」

え？

「朝倉さんがその話をしたのは一度きりで、『気のせいだったかもしれない』と言っていたので、すっかり忘れていました。でも、守矢さんを尾行した女性と同一人物だとしたら？　襲撃者は男性だと言ったばかりなのになんですが、昨夜の襲撃も彼女の仕業かもしれません。風俗街で守矢さんを襲おうとして失敗してからチャンスをうかがっていて、昨夜実行に移した」

玲奈が尾行されたなんていう重要な話を、本当に忘れていたの？　釈然としなかったけれど、新しい手がかりかもしれないと思うと、自然とテーブルに身を乗り出していた。わたしを襲ったのが尾行してきた女性かもしれないと、本気で思っていたわけではなかった。でも、

「先生のお話が本当なら、わたしを襲ったのも、玲奈をあんな目に遭わせたのも、あの尾行者かもしれません。ただ、どうして玲奈を尾行したのか、なぜ昨年末に尾行した後、一〇ヵ月も経ってから犯行に及んだのかわかりません」

「本人に訊くしかないでしょう。さあ、考えてください。その女性が、どこの誰なのか」

眉間にしわを寄せ、知り合いの女性を片っ端から思い浮かべる。でも、だめだった。髪が長い人、体格がいい人、両方の人。該当者は思い当たるけれど、どの人もなにかが違う……。

「僕は守矢さんと違って、友だちが少ないんです」

唐突な言葉の意味を理解する前に、先生は言った。

「原因は二つ。一つは、学者としてそれなりに成功し、やっかまれていること。もう一つは、守矢さんも経験したとおり、他人の心を察し、賢しら（さか）に口にしてしまうこと。後者の方が大きいでしょうね。気をつけてはいますが、よかれと思って口にしても裏目に出ることが多々ある。意外と不器用なのですが、そう思ってもらえなくて、周りにすっかり警戒されています」

話の行き着く先が見えず相槌も打てないわたしに構わず、先生は続ける。

「数少ない例外が、朝倉さんでした。ゼミの最中、彼女が僕の意見に反論してきたことがありましてね。あのとき彼女は、僕がすごい学者なんかではない、弱い人間だと察したのかもしれません。彼女には先入観に惑わされない、そんな澄んだ眼(まなこ)がありました」

そう語る先生の眼(まなこ)も澄んでいた。わたしの姿が映ってはいるけれど、見てはいない。

葛葉智人は心の底から、朝倉玲奈に会いたがっている、話したがっている、触れたがっている。

玲奈がわたしに相談しようとしたのは、先生との恋愛絡みのトラブルではなかったのかもしれない――この眼(まなこ)を目の当たりにしていると、どうしたってそう思えてしまった。もちろん、これだけで先生が玲奈を殺していないと断定するつもりはない。でも殺しておきながら、こんな眼(まなこ)ができるだろうか？

いつだか考えたとおり、特殊な動機があるなら話は変わってくるけれど。

「話が逸れましたね。なにが言いたいのかというと、思い込みや先入観は捨てるべきだということです。尾行者の髪は長かったそうですが、鬘(かつら)かもしれない。体格がよく見えたのは、ドレスに肩パッドを入れていたのかもしれない。こんな風に、いろいろな可能性を考えてください」

ほどよく冷えた水を想起させる、耳に心地よい声だった。気がつけば、わたしは目を閉じていた。先生の声が、頭の中に小気味よく反響し続ける。尾行された夜の光景が、落とした瞼に浮かび上がる。わたしに近づいてきた女性――どこかで見たような雰囲気――でも知り合いの女性の中にはいない――となると――思い込みや先入観を捨てて、前提を取り除けば――。

「……わかりました」

たどり着いた答えに身震いしながら、目を開いてわたしは言った。

「確認したいことがあります。先生に行ってほしい場所があるのですが、お願いできますか」

「もちろん構いません。どこです?」

「風俗街です」


その日の午後五時。わたしは、玲奈の事件現場であり、昨夜自分が襲われた場所でもある小道に立っていた。気温は昼間からそれほど下がっていないが、既に陽は沈み、辺りは薄暗い。

本当は近寄りたくもない場所だけれど、相手を呼び出すならここしかない。

後ろから、アスファルトを踏む音が近づいてきた。振り返る。相手は、黒い薄手のコートを羽織り、同じ色のマフラーを首に巻いていた。

「ここで、葛葉先生に襲われたんだって?」

挨拶もなく、心配そうな声で言われる。

昨日の夜、葛葉先生に襲われた。その証拠が現場に残っているのだけれど、警察に相手にしてもらえるか不安だから相談に乗ってほしい。そういう口実で来てもらったのだ。当然、向こうは「なんで自分に?」と戸惑っていたが、どうしてもと押し切った。でも、

「ごめん、それは嘘なの」

「嘘って、なにが?」

「ここで襲われたのは本当。でも襲ってきたのは葛葉先生じゃない。わたしに言われるまでもなく、わかってるとは思うけど」

「わかるわけない。この道には、こわくてほとんど近づいたことがないんだし」

「でも昨日の夜は通ったよね——相模くん」

表情筋が少しも動いていない顔を、真っ直ぐに見据える。

「昨日の夜、ここでわたしを襲ったのは相模くんだよね」

「なにを言ってるんだ？」

「詳しいことは、これから守矢さんが説明してくれる」

その一言とともに、相模くんの後ろの木陰から菱田さんが現れた。相模くんが襲撃者だという理由と根拠は、既に伝えてある。

「自分のゼミ生が告発されるところは見たくありませんが、仕方ありません」

わたしの後ろの木陰から現れたのは、葛葉先生だった。これで男性二人が、相模くんの前後を塞ぐ形になった。打ち合わせどおりだ。

菱田さんに「あいつに自首するチャンスを与えてやってほしい」と頼み込まれたから、こうして告発する場をつくった。

「源兄と葛葉先生までそろってるのか。訳がわからなくて混乱してるよ」

言葉とは裏腹に、相模くんの声音は平板だった。わたしは、小さく息を吸ってから口を開く。

「三日前の夜、わたしは渋谷の風俗街で女性に尾行された。どこかで会ったことがある人だという気はしたけれど、誰なのかどうしても思い出せなかった。でも葛葉先生のアドバイスで、思い込みや先入観を捨てたら気づいたの。相模くんが女装したら、ああいう雰囲気になるかもしれないって。あそこの風俗街には、女装した男性がいる店もあるよね。それらしい人に絡まれたよ」

ＡＡランドに行く途中、絡んできた人のことだ。ドレスを着ていたので女性と決めつけてしまったけれど、声音と言葉遣いの印象どおり、男性だったのかもしれない。

「相模くんも同じ系統の店で働いていて、あの夜、わたしを見つけて尾行したのかもしれないと思った。体格も根拠だよ。相模くんは男性にしては小柄だけど、女装したら、女性にしてはがっしりしているように見えるはず」

ちなみに尾野さんも、肩幅が広く、女性にしてはがっしりしている。彼女が尾行者である可能性も頭をよぎったけれど、念のため確認したら、昨日の夜は合コンだったそうだ。

相模くんは、わたしと先生を交互に見つめる。

「葛葉先生のアドバイス？　昨日まで疑ってたのに、いつの間に仲よくなったんだ？」

「別に、仲よくなったつもりはないけど」

でも先生にすぐ後ろに立たれているのに、わたしはなんとも思っていない。昨日のいまごろなら、きっとこうはならなかった。

「僕の方から守矢さんに、襲撃者を一緒に捕まえようと提案したんですよ。お互いの情報を持ち寄ればなにかわかるかもしれないと思いましたが、渋谷の風俗街に行かされることになるとは思いませんでした」

「先生をそんなところに行かせたのか。どうして？」

「相模くんが本当にそういう店で働いてるか、調べてもらうため。男性に女装させる風俗店は、男性と女性、どちらが客層の店かわからない。だから、先生と手分けしたの」

昼間なので人が少なくて、わたしはこの前のように絡まれずに済んだ。

「僕は守矢さんをとめなくてはならない立場ですが、襲撃者を捕まえるためにやむなしと判断しました。土曜日だからか、昼間でも開いてる店がありましてね。そのうちの一つに客のふりをして行って、スタッフの写真を見せてもらったらすぐにわかりましたよ。これは、お店の目を盗んで撮った写真です」

葛葉先生がわたしの右に進み出て、スマホを掲げる。ディスプレイには、髪が長い、一見、女性に見える人物の写真が表示されていた。色白メイクと、くっきり描かれたアイシャドウのせいでわかりにくいけれど、高い鼻と薄い唇は間違いなく相模くんだ。

無言の相模くんの背後から、菱田さんが語りかける。

「さっき、葛葉先生に写真を見せてもらったよ。信じられないが、間違いなくお前だよな」

菱田さんに背を向けたままの相模くんに、わたしも告げる。

「わたしを尾行したのは、この写真の人だった。相模くんが菱田さんに電話して、わたしに玲奈のことを調べるのをやめるよう忠告してほしいと頼んだのは、正体をさぐられたくなかったからでしょう。

昨日の昼、学食で声をかけてきたときは表情が硬かったよね。あれは、尾行していた『女性』と自分が同一人物だとわたしに気づかれるかもしれないと思ったから。それでも、わたしが尾行者のことをどこまでつかんでいるか把握したくて、先生との会話に参加した。

わたしが尾行者の正体に気づいてないようで、相模くんは安心したと思う。でも、玲奈の事件を徹底的に調べると先生に宣戦布告したのを聞いて焦った。玲奈の知り合いか訊ねたら逃げ出した、尾行者の正体もさぐろうとするかもしれない。だから学食の外までついてきて、わたしをとめようとした。あのとき言っていた『バイト』というのは、風俗のことだったんだよね。ずっと隠していたのに焦って口を滑らせてしまって、家庭教師だと嘘をついたんだよね」

今日の電話でわたしがお礼を言ったとき、らしくなくまごついていたのは、わたしが昨夜襲われたことがなかったように振る舞っていたからだろう。

相模くんは、天を仰いだ。

「写真まで撮られてるなら仕方ない。認めるよ。俺は女装して働いてる。男相手の風俗店でね」

菱田さんが目を閉じた。相模くんは、それに気づくことなく続ける。

「家(うち)は母子家庭で、経済的に進学は厳しかったんだ。でも大卒の方が就職したときの給料が圧倒的にいいから、大学には行きたい。中卒や高卒で活躍している高給取りもいるけど、少数派だろう。だから、奨学金を借りて大学に通うことにした。といっても、それだけで大学生活にかかる金をすべて賄(まかな)えるわけじゃないし、将来、奨学金を返済したり、母親の面倒を見たりすることを考えると少しでも貯金したいから、バイトをしまくってなんとかしようとした。慶秀大生という看板のおかげで、割のいいバイトをいくつか見つけたよ。でも、それだけじゃ足りない。いろいろかけ持ちしたけど、それなりに稼げるのはブラックなところばかりだった」

学生に夜一〇時から朝六時まで一人で切り盛りさせて、トイレに行く暇もない飲食店。社員と同じレベルの販売ノルマを課すアパレルショップ。授業時間以外は給料を払わず、準備や採点のためにサービス残業を強いる塾——相模くんの口から語られたバイト先は、わたしがニュースでしか見聞きしたことがないものばかりだった。

「このままだと単位を落としまくって卒業できなくなるし、身体もこわすから、そういうバイトはすぐやめた。自分でも最低だと思うけど、身体を売れば楽に稼げる女子大生がうらやましかったよ。でも自棄(やけ)になって調べたら、身体を売ってる男子学生も少なくないことを知った。ちょっと我慢するだけで一晩で何万円も稼げるし、女装すれば普段の自分とは別人格だと割り切れるという体験記も読んだ。俺は異性が好きだから、男を相手にすると想像しただけでぞっとしたよ。でもブラックバイトよりはマシだと思った……というより、そう思わないと大学生活を続けられないんだから仕方がない。卒業するまでの我慢だと自分に言い聞かせて風俗店で働き始めた。それが二年生になってすぐ。おかげで時間も収入も余裕ができた。身体と同じくらい、心もヤバくなったけどね。男を相手にするだけでも嫌なのに、スティグマを喰らったから」

「スティグマ？」

思わず聞き返したわたしに、相模くんは表情を変えずに頷く。

「プレイの後、『こんなことまでして金がほしいなんて恥ずかしくない？』だの、『そんなに遊ぶ金がほしいの？』だの言う客が何人もいたんだよ。特に中年に多かったな。自分は金で人を買ってるくせに。ああいう連中は、風俗で働いてるのは頭の悪い遊び人だと決めつけている。そうしないと大学生活を送れない人がいるなんて想像もしていない。ある種のスティグマだろ」

相模くんは、自分の話をしなかったわけじゃない、したくなかったんだ。二年生の夏休み明けになってからミス研に入ったのは、それまではサークル活動をしている余裕がなかったからなのだろう。

心を見透かすことが得意な葛葉先生は、相模くんがこういう鬱屈を抱えていることを察した。それが「現代社会のスティグマ」という研究テーマを提案することにつながったんだ。

「できれば源兄には知られたくなかったんだけどな。風俗で働いてると知ったら、絶対にとめるだろう。大学で会ったときは焦ったよ」

「だからお前は、俺が飲みに誘っても断っていたのか」

「それは別の理由。直に顔を合わせたら、公務員の源兄と自分を較べて惨めな思いをするだけだから。当然、金の相談もしたくなかった」

背を向けたまま相模くんが口にした言葉に、菱田さんは両目を極限まで見開いた。

この人でも、こんな顔をするんだ。

「守矢はミステリーは書けないと言っていたくせに、名探偵みたいだな。でも当たっているのは、俺が風俗で働いているということだけだ。襲ってなんてない」

「それなら三日前の夜、どうしてわたしの後をつけてきたの？」

「あんなところで知り合いを見かけると思わなかったから、動揺して訳がわからなくなった」

「わたしと目が合っても近づいてきたけど」

「気のせいじゃないか。こわい思いをさせたなら謝るけど、風俗店勤務のことを洗いざらい話したんだ。もう満足だろう。解放してくれ」

相模くんの顔つきからは、いつも以上に感情が見えなかった。白を切りとおすつもりか。

菱田さんが見開いていた目を鋭くさせ、一歩前に出る。相模くんがわたしを襲った証拠は、既に伝えてある。

「だがお前は、守矢さんに——」

「今日」

菱田さんに告発させたくなくて、わたしは口を開いた。

「風俗街で尾行した日に続いて菱田さんに様子を見にいくよう頼んだのは、わたしが襲撃者のことをどう考えているか知りたかったから。ＬＩＮＥも既読にならないから、いろいろ考えてしまったんでしょう。

その後でわたしがビデオ通話をかけたら、相模くんは一度切って、すぐに音声通話でかけ直してきたよね。休日で髪がぼさぼさだからと言ってたけど、相模くんらしくないと思った。でも、わたしを尾行していたのが相模くんだとわかったとき気づいたの。ビデオ通話をしたくなかった理由は、わたしに見られたら困るものが映ってしまうからじゃないかって。それは、わたしにつけられた傷」

昨夜、指先になにかがかすった感触を思い出しながら、わたしは左手を掲げる。

「襲われたとき、わたしは両手両足を闇雲に動かした。そのとき、指先が相模くんの身体を傷つけたんだよね。首から上のどこか――ビデオ通話をしたら映ってしまう部位を。だから、わたしの着信を切って、音声通話でかけ直した」

半歩後ずさった相模くんに、追い討ちをかける。

「傷は割と深くて、わたしの指先に血がついた。ここからＤＮＡ型鑑定をされたら、襲撃者が自分だと特定されてしまう。当然、相模くんは拭き取ろうとした。でもそんなことをしたら、血がついていることを――自分が怪我したことをばらすようなもの。だから、わたしの指を舐めて血を拭うことにした。両耳と右手まで舐めたのは、それをカムフラージュするため。唾液が残るかもしれない危険を冒してまで舐めた理由は、これだった」

舐めることで変質者を装い、血痕を拭き取るという真の目的を覆い隠す——相模くんが会誌に寄稿した、自殺を他殺に偽装するため現場にダイイング・メッセージを大量に残したというミステリーと、原理は同じだ。

「相模くんは傷を見られたくないはずだから、寮に押しかけてもきっと会ってくれない。でも外なら、傷を隠して来るかもしれない。そう思って、ここに呼び出した」

わたしがマフラーを見据えると、相模くんは反射的にそれを両手でつかんだ。

「そのマフラーの下に、わたしがつけた傷があるんだよね。だから、今夜は寒くないのに巻いてるんだよね」

「ち……違う」

「なら、マフラーをはずして」

「確かに傷はついてるけど、これは……猫……そうだ、猫に引っかかれて……」

「人間と猫は爪のサイズも形状も違うから、調べたら判別できるんじゃないかな」

しどろもどろになった相模くんに告げる。口を閉ざした相模くんはため息をつくと、いつもの口調に戻って言った。

「もう、言い逃れできないな」

首に巻かれたマフラーが、アスファルトに落とされる。

喉仏から首のつけ根にかけて斜めに走った、二本の赤い筋が露(あらわ)になった。

「風俗街で後をつけてきたときも、わたしを襲おうとしたんだよね」

「そうだよ。あそこは訳ありの連中が多いから、警察に非協力的だ。俺が守矢になにかしても、捕まる可能性はほとんどなかった」

「なぜ、守矢さんを？　ミス研の友だちだったんだろう？」

これに関しても答えを伝えてあるのに、菱田さんは相模くんに訊ねた。わたしの話が信じられないらしい。相模くん自身の口から告げられるのはさすがに辛いので、わたしが先に言う。

「相模くんは、わたしのことが嫌いなんだよね」


「ばれてたのか。やっぱり守矢はすごいな」

それまでとなに一つ変わらない口調で、相模くんは答えた。

「そうでもないよ。気づいたのは、ついさっき。尾行していたのが相模くんだと確信した後だから。ただ、その前から引っかかることはあった」

志穂子も菱田さんも、相模くんがわたしのことを好きだと決めつけていた。でも、わたしだってそれなりに恋愛経験があるのだ。好意を持たれているなら、さすがにわかる。

とはいえミス研にいたとき、相模くんがわたしのことをちらちら見ていたのは事実。わたしがミス研をやめた後、どうしているか志穂子に訊いてきたこともあったという。わたしを好きでもないのに、わたしのことを気にかけている理由。それは好意の逆、嫌っているからではないか。相模くんは感情を表に出さないからわからないだけで、わたしへの嫌悪感を隠していたのではないか――そう考えたことを話すと、相模くんは熱のこもっていない拍手をした。

「お見事。誰にも気づかれてなかったのに」

「葛葉先生の研究室についてきてくれたのは、わたしを心配していたからじゃないんだよね」

「ああ。『探偵気取り』とか『野次馬』とか言われている守矢がみっともない姿を曝すところを見て、すっきりしたかったんだ。俺の気も知らず呑気にお礼なんて言うから笑いそうになって、慌てて顔を背けたよ」

研究室に行く前、頬がほんのり赤くなったように見えたのは、そういうわけだったのか。

「どうして守矢さんを？　お前になにかしたわけじゃないだろう？」

半ば独り言のように呟く菱田さんに、相模くんはあっさり答えた。

「だって守矢は、恵まれてるから」

予期していた答えだったのに、頬をぶたれたような衝撃を受ける。

「なに一つ不自由がない大学生活を送っている上に、一流企業から内定をもらっているんだ。しかもいざとなれば、俺と違って普通に売春できる。同じ大学生なのに、境遇が違いすぎて腹が立った」

「言ってることがめちゃくちゃだし、守矢さんはなにも悪くない。ただの逆恨みじゃないか」

「逆恨みとも違うよ。嫉んでるだけだ」

相模くんは、開き直ったように続ける。

「三日前、風俗街で守矢を見かけたときは頭に血がのぼったよ。恵まれまくってる上に、俺が必死に働いてる場所で探偵ごっこをしてるんだからな。痛い目に遭わせたくなって、衝動的に後をつけた。朝倉さんの知り合いか訊かれて、我に返ったけどね」

「昨日の夜、わたしを襲ったのはどうして？」

「風俗街に来たのを見たから。尾行者を——俺をさがしてるんだとわかった。オレンジバースの本社は渋谷にあるから、インターンが始まってもことあるごとに来るかもしれない。優雅に探偵ごっこを続けていることがむかついたし、それ以上に焦った。なにかの拍子に、俺だと気づくかもしれない。あの日は仕事が早く終わったから寮で対策を考えるつもりだったけど、帰りの途中、スクランブル交差点でなんとなく顔を上げたら、カフェにいる守矢を見つけたんだ。もしもこの後で朝倉さんの事件現場に行くなら、人気（ひとけ）のない場所で今度こそ痛い目に遭わせてやれるし、余計なことをするなと脅迫できるチャンスだとも思った。急いでコンビニでガムテープを買って、尾行するときにできるだけ映らないように防犯カメラの位置も調べた」

「どうやって？」

「『みんなの防犯カメラ．ｃｏｍ』だよ。ユーザーが街中（まちなか）に設置された防犯カメラの位置を投稿するサイトだ。『権力者からプライバシーを守る』という目的に共感した連中が投稿しまくっている。夏に開設されたばかりで、まだ首都圏限定だけど、渋谷と日吉のカメラもかなり網羅されていた」

「わたしを襲うときに使ったのはスタンガンだよね。よく持ってたね」

「風俗のバイトをするときは、護身用にいつも持ち歩いてる。あれを使って一言脅すだけのつもりだったのに、首を引っかかれて血が出た。ごまかすためには、ああするしかなかった。気持ち悪い思いをさせたことは謝る」

スタンガンを使ったことについてはなにも言わないのに、舐めたことに関しては謝罪された。

相模くんは肩をすくめる。

「守矢は、先生に感謝しないとな。尾行者が俺だと気づいたのは、先生のおかげなんだろう」

――先生だけじゃない、相模くんのおかげでもあるんだよ。

相模くんに襲われたことがきっかけで、わたしは、他人の弱さをわかった気になっていたことを思い知った。そのおかげで、相模くんが風俗店で働かなければならないほど追い詰められていると気づくことができた。そうでなかったら、葛葉先生のアドバイスで尾行者が女装した相模くんかもしれないと思った後も、すぐにそれを否定していたことだろう。

そう伝えたら、皮肉にしか聞こえないだろうけれど。

「最後に聞かせて。去年の年末、風俗街で玲奈を尾行したんだってね。それはどうして？」

相模くんがわたしを襲ってきたのは、玲奈の事件とは無関係だった。でもこの質問の返答次第では、相模くんが玲奈を殺したことになる。菱田さんの顔が自然と強張った。きっとわたしの顔も、同じようになっている。

わたしと菱田さんが見つめる中、相模くんは怪訝そうに顔をしかめた。

「風俗街で朝倉さんを？　俺が？　なんの話――」

「ごまかそうとしても無駄ですよ」

わたしの傍らに立っていた葛葉先生が、前に進み出た。わたしの位置からは、先生の背中しか見えなくなる。

「君は守矢さんを襲っただけではない、朝倉さんを殺したんです」

「違いますよ、先生。それに関しては俺じゃない」

「とぼけても無駄です。いまのうちに認めた方がいい」

「先生、落ち着いてください。恭志郎の言い分を聞いてみましょう」

菱田さんが宥めても、先生はとまらない。

「君は、僕にとってかけがえのない女性の命を奪ったんだ。絶対に許せない。警察は徹底的に君のことを調べるよ。朝倉さんが殺された夜はアリバイがないとも言ってたよね。守矢さんのときと違って、なんの偽装工作もしなかったということだ。証拠はいくらでも出てくる。君がどんなに否定しても、必ず。君のお母さんはどう思うだろうね。母子家庭で君を必死に育てただろうに、息子が殺人者になったんだからね」

先生の口調は、いつもと変わらず穏やかだった。でも、いつもと違って敬語を使ってない。そのせいで、足許から凍えるような寒気を覚えた。菱田さんも押し黙ってしまう。

相模くんの薄い唇から、呟きがこぼれる。

「違う……俺は朝倉さんには、なにも……」

「守矢さんを嫉んで襲うような男なら、朝倉さんにも同じことをしたに決まってる。世間の誰もがそう思うよ」

学者とは思えない、乱暴な決めつけだった。でも相模くんの薄い唇は、わなわな震え出す。

「みんな、そう思う……俺が、どんなに否定しても……」

「玲奈の事件と関係ないなら、わたしが力になる。相模くんの無実を証明する」

寒気を覚えたまま、わたしは言った。妙な言い方だけれど、それが他人をわかった気になっていたことに気づかせてくれた相模くんへの、せめてものお返しだと思った——本当に妙だけれど。

相模くんの双眸が、わたしにゆっくりと向けられた。目が合う。

小ばかにするような、見下すような、嘲るような、相模くんとは思えない目つきをされた。

どうしてそんな目を？　わたしが当惑するのと同時に、相模くんはこちらに向かって猛然と駆け出した。避ける間もなく弾き飛ばされたわたしは、後ろに倒れ込む。速度を緩めることなく走り続けた相模くんの背中は、小道を抜けると、角を曲がって見えなくなった。

「待て！」

叫びながら相模くんを追う菱田さんの声で我に返った。急いで後に続く。この小道を抜けて少し行ったところを通る車道は、交通量がそれなりにある。危険だと思いながら駆けると、その車道に差しかかる相模くんの背中が視界の先に見えた。

そして、それは起こった。

車道に飛び出した相模くんの全身が、黄色い光に染まる。光源が車のヘッドライトだとわたしが認識するのと同時に、クラクションとブレーキ音が鳴り響く。

直後、右側から走ってきた車が、相模くんの身体を宙に撥ね上げた。

不思議なことに、その音は聞こえなかった。自分の口から飛び出た悲鳴の方が、鼓膜を大きく揺らしたからか。

悲鳴をとめられないまま駆け寄る。アスファルトにうつ伏せに倒れた相模くんは、ぴくりとも動かない。右手が奇妙な方向に曲がり、頭部を呑み込むように血溜まりが広がっていく。

車から降りてきた男性が、青い顔をしてなにか言った。何事かと人が集まってくる。菱田さんは彼らを手で制してスマホを取り出すと、どこかに電話をかけた。一一〇と一一九のどちらだろう、などとどうでもいいことをぼんやり考えてしまう。

「あれは相模くん――ですよね」

隣から、葛葉先生のかすれ声がした。いつの間にか追いついたようだ。

「そうです、相模くんです」

しっかりしなくては。先生は、自分が責めたから相模くんがこんな目に遭ったと思っているかもしれない。でも、先生は悪くない。大切な人を失ったのだから、冷静になれなくて当然だ。そう言おうと先生を見上げたわたしは、全身が凍りついた。

先生はすぐに、眉間にしわを寄せて唇を嚙みしめた、痛ましそうな顔つきになった。

でもその直前、確かに笑っていた。

去年の年末、玲奈が風俗街で尾行されたという話は信じてよかったのだろうか？

それ以前に、先生と一緒に襲撃者をさがすという選択は正しかったのだろうか？

オレンジバースのインターンであきらめると思ったら、守矢は土壇場まで葛葉のことを調べると言い出した。迷っているようだが、どうせあの女はインターンに行くだろう。自由にできる時間はあとわずか。こちらの優位は動かない。

でも、なぜさっさとあきらめない⁉

深夜になっても苛立ちが収まらずにいる最中（さなか）、土用下報子が訪ねてきて、その守矢が襲われたという話をした。土用下は葛葉を疑っている様子だったが、大学から帰宅した後はずっと家にいたのだから見当違いも甚だしい。

土用下が帰った後、少し考えて、守矢を襲ったのは相模だろうと思った。

誰も気づいていないようで不思議でならないが、相模の声音からは鬱屈した感情が滲み出ることがあった。おそらく、慶秀大学の恵まれた学生たちには言えない秘密を抱えているのだろう。

相模は知る由（よし）もないが、自分と近しいものを感じていた。

守矢に対してはその感情が特に顕著で、ほかの者たちに対するのとは違って憎悪に近いものを感じた。

昨日の昼休み、学食で葛葉と三人で話している間、相模は守矢への憎悪を一層募らせているようだった。それが遂に抑えられなくなったのではないか。

朝倉が死んだ夜はアリバイがないと言っていたし、うまく動けば警察に「守矢を襲ったなら、朝倉を殺したのも相模」と思わせることができるかもしれない。そうすれば、守矢もさすがにあきらめるはず。そう考えたものの策がまとまらず、家にまで押しかけてきた守矢に殺意を抱きもしたが、幸運なことに、相模は車に撥ねられてくれた。

相模が研究テーマを、葛葉に言われるがまま「現代社会のスティグマ」にしたのは、彼自身がスティグマという概念に囚われているからだろう。それなら「身勝手な嫉みで守矢を襲った犯罪者なら、朝倉を殺して当然」というスティグマを刻み込んでやれば、心が折れ、犯していない朝倉殺しを認める可能性もあると期待はしていた。無論、そこまで都合よくことが運ぶとは思っていなかったが、期せずして最上の結果を得ることができた。

相模は意識不明らしいが、話を聞いたかぎり助かるまい。万が一意識が戻っても、警察はそれまでに相模が犯人であることを前提に捜査を進めるはず。たとえ相模が反論しても、メンツを優先して捜査方針を変えることはない。

これでもう、自分が警察に疑われることは完全になくなった。

笑いが、沸々と込み上げてくる。

□□□□

一〇月三〇日は、港北警察署で相模くんのことをあれこれ聞かれて終わった。もう心配をかけたくないので、両親には「玲奈の事件のことで警察に呼ばれた」と嘘の連絡をしておいた。

葛葉先生が言ったとおり、警察は相模くんがわたしを襲っただけでなく、玲奈を殺したとも考えているようだ。「相模くんには、朝倉さんを殺した罪をきちんと償ってもらいたい。そのためにも一命を取り留めることを願ってますよ」。港北警察署から一緒に帰ってきた別れ際、先生はわたしにそう言った。

でも相模くんが撥ねられた直後に目の当たりにした先生の笑みが頭から消えず、その言葉を鵜呑みにはできない。

玲奈が風俗街で誰かに尾行されたという話は嘘。先生は、相模くんのスティグマへの意識を利用して、逃走するように仕向けたのではないか。相模くんはわたしを襲ったから玲奈も襲ったに違いないとか、世間の誰もがそう思うとか乱暴な決めつけをしたのは、スティグマを刻み込むためだったのではないか。わたしは先生の掌の上で踊らされただけなのではないか。

家に帰り、ベッドに入ってからも考えがまとまらず夢現でいるうちに、陽がのぼっていた。時計を見ると、九時をすぎている。先週の今日は、日曜日でも早起きしたのに。ぼんやりしながら、スマホを手に取った。

報子さんの意見も聞いてみたいけれど、相模くんとなにがあったか詳細まで話さなくてはならなくなる。迷っていると、その報子さんから電話がかかってきた。思わず応答をタップしてしまうと、報子さんは挨拶もなく切り出した。

〈警察から発表があったよ。あんたを襲った犯人は同じ慶秀大生で、朝倉さんの事件にも関与している可能性があるらしいね。あんたと面識もあるんだってね。どういう関係だったの?〉

「急に言われましても……」

わたしが言い淀んでいると、報子さんは一つ息をついてから言った。

〈悪い、ショックを受けているだろうに。でも、落ち着いたら話を聞かせてほしい。警察は動機について捜査中と言っていたが、慶秀大学にまで入った若者がそんなことをするなんて、なにか事情があったとしか思えない。私はそれを知りたいし、必要なら世の中に伝えたい〉

報子さんがサイトのアクセス数を稼ぐためだけに言っているのでないことはわかったけれど、はっきりと承諾できないまま電話を切った。

その後、相模くんが撥ねられたという噂が寮生から広まったらしく、LINEのメッセージがいつも以上に飛び交い始めた。志穂子は〈相模くんの気持ちについて千弦に話した直後に、こんなことになるなんて。平気?〉と、直接メッセージを送ってきた。相模くんの本音を思い出し却って胸が苦しくなったが、「大丈夫」という旗を振る猫のキャラクターのスタンプを返す。

——本当は、あんまり大丈夫じゃないんだよね。

そう思うと部屋でじっとしているのが辛くなって、LINEの通知をオフにして家を出た。はっきりとした目的があるわけではないけれど、事件現場の小道に向かう。

昨日とは打って変わり、気温が低かった。冷たい風が後ろから吹きつけてきて、首筋が寒くなる。マフラーを巻いてくればよかった。ため息が白く色づき、鉛色の空へと溶けていく。

——玲奈の事件と関係ないなら、わたしが力になる。相模くんの無実を証明する。

どうしてわたしのあの言葉は、相模くんに届かなかったのだろう。それとも、本当に玲奈を殺したから届かなかったの？　だから逃げ出す直前、相模くんとは思えない目つきになったの？

答えを出せないでいるうちに、小道に着いた。相変わらず人気（ひとけ）はなく、葉のざわめきに不安を煽られる。

この場所で玲奈の遺体が発見され、わたしが襲われ、相模くんを告発した。それらが全部、この一週間で起こったことだとは信じられずにいると、スマホの着信音が鳴った。尾野さんからのメッセージだ。LINEのアカウントは交換してないから、電話番号宛てに送られてきた。

〈昨日、守矢さんは、私が金曜の夜どこにいたか訊いてきたよね。その後すぐ、相模くんが車に撥ねられた。なにが起こっているのか知らないけど、無関係とは思えない。ただ、彼が朝倉さんを殺した犯人でないことは確かです。木曜日、事件現場に入れるようになってから、私は学科の友だちと花を供えにいったの。そうしたら先に相模くんが来ていて、手を合わせてたから〉

それほど親しくないのに、こんなメッセージを送ってくれるなんて。学食でわたしをかばってくれたことといい、本当に義理堅い。ただ、これは相模くんが犯人ではない証拠にならない。この道にほとんど近づいたことがないという話が嘘だとわかり、むしろ怪しくなった。

それでも、〈わざわざありがとう。参考になりました〉と返信する。また本音とかけ離れたことを送ってしまった。どうして相模くんは、あんな見え透いた嘘をついたのだろう。しかも、「こわい」なんてらしくない言葉まで使って——そう思ったとき、先週ここで見たものを思い出した。その意味するところに気づくと、反射的に顔が上がる。

どうしてもっと早く気づかなかったのだろう。相模くんに玲奈を殺すことはできなかったんだ、少なくとも、この場所では。

〈本当に参考になりました！〉

尾野さんは戸惑うだろうけれど、追加でこの一文を送信した。

――これを教えることを条件に交渉すれば、菱田さんから、玲奈に関する捜査情報を引き出せるんじゃない？

頭の中で囁き声がしたが、咄嗟に首を横に振った。そんなことせず、無条件で教えるべき。でも、このままだとなにもできず時間切れだ。それなら……菱田さんと一対一で話して……。

左手で毛先をつまんで、心を決める。


港北警察署で通されたのは、先週と同じ部屋だった。

「お待たせしました」

その一言とともに入ってきた菱田さんは、愛想なく一礼する。昨夜までとほとんど様子が変わっていないけれど、従兄弟が目の前で車に撥ねられたのだ。平気なはずない。自分から会いにきたのになんと言っていいかわからないでいると、菱田さんは向かいの席に腰を下ろして言った。

「気を遣わせているようですね。人並みに落ち込んでいるから安心してください」

「そんなことを言われて、安心できるはずないですよね」

「それもそうか」

本気なのか冗談なのか、菱田さんは大まじめな顔をして頷いた。

「でも事実です。私が余計なことをしたせいで、恭志郎はあんなことになったんだから。昔つき合っていた女性が言ったとおり、私の優しさは空回りすることがあるようだ」

そうでしょうね、と今度は思えなかったし、「そうなんですね」と返すこともできなかった。

この人が、わたしにこんな弱音を吐くなんて。相当参っているに違いない。

「上からもスタンドプレーを責められて、捜査の前線からはずされましたよ。別の刑事と組むことになった橋本は、泣いて悔しがってくれました。いまの私は、署に残って処分を待ちながら電話番の身です。恭志郎の兄代わりを気取っていたのに、このザマだ」

「その相模くんのことで、話があって来ました。彼は玲奈を殺してません」

「従兄弟として、私もそう思ってます。でも、それを証明する方法はない」

「あります。蜂の巣です――あ」

「『あ』?」

間の抜けた声を上げてしまったわたしに、菱田さんは怪訝そうに聞き返す。

「なんでもありません」

交渉に使うつもりだったのに……。菱田さんが落ち込んでるからいけないんです、と内心で勝手な抗議をしつつ続ける。

「相模くんは、アナフィラキシー・ショックになったことがありますよね」

アレルギーの原因となる物質（アレルゲン）が体内に入り込み、失神や痙攣など重篤なアレルギー反応が生じることをアナフィラキシー・ショックという。一度アナフィラキシー・ショックになった人は、二度目には命を落とす危険が高くなる。

アレルゲンが体内に入り込む例としては、蕎麦や小麦などを食べたり、蜂に刺されたりすることなどがあげられる。

「相模くんは子どものころ、蜂に刺されてアナフィラキシー・ショックを起こしたことがあると言っていました。食品でアレルギーを起こしたことはないそうですが、慎重になっていて、みんなでご飯を食べるときはいつもメニューを選ぶのに時間がかかっていました」

一昨日、学食で会ったときだって、葛葉先生のテーブルに後から来た。

「それがなぜ、朝倉さんを殺せないことに？」

「現場には、スズメバチの巣があったんです。この季節になっても活動していて、夜、襲われた人もいます。相模くんは、そのことを知っていたのでしょう。だからこわくて、あの道を通りたいとは思わなかった。そう主張できたはずなのに、葛葉先生の言葉で動揺して、我を忘れてしまったんです」

「しかし昨夜は、あの道に来たじゃないですか」

「玲奈の遺体が発見された日に、警察が蜂の巣を駆除したからですよ」

全身を白い防護服で覆った人の姿を思い浮かべながら言う。

「相模くんは、事件現場を見に行った友だちに、いろいろ訊いたと言ってました。蜂の巣が駆除されたことも聞いたはず。だから昨夜は、安心してあの道に来たんです。昨夜だけじゃない、木曜日も、玲奈に手を合わせに行ったそうですよ。でも巣が駆除される前――玲奈の事件があった夜はこわくて、あの道に近づくことを避けていた。だから相模くんは、犯人ではありません」

「なるほど」と言い終える前に、菱田さんは立ち上がった。

その日の夜。わたしは部屋で一人、ノートパソコンに向かっていた。日付が変わるまで、あと三時間を切った。

港北警察署に行った後、わたしは葛葉先生の家に行った。相模くんが玲奈を殺した犯人でないとわかった以上、怪しいのは先生だからだ。逃走するように相模くんを煽ったのかもしれないのだから、なおさらだ。あわよくば家に上がり込み、先生の目を盗んでまだ残されているかもしれない証拠をさがしたくもあった。

でも先生は「今日はさすがに話をしたくありません」とドア越しに言うだけで、顔も見せてくれなかった。「相模くんは玲奈の事件の犯人じゃなかったんです」と言ってもだめだった。傍目には、先生は恋人とゼミ生を一週間で失った身だ。おとなしく引き下がるしかなかった。

代わって、玲奈の関係を改めて調べようと先生の家の近所に聞き込みしたけれど、話を聞かせてくれる人はいなかった。先生のアリバイを証言した隣人にだけはどうしてもいろいろ聞きたかったものの、ドアも開けてもらえなかった。社会学科や葛葉ゼミの人たちはショックを受けているだろうから、連絡するのも気が引ける。徒労感だけを抱えて帰宅し、その後は先生の経歴や著作、出演したテレビでの言動などをネットで検索することしかできないでいる。予期していたとおり、それらからもなんの手がかりも得られないまま、この時間になった。

インターンが始まってからも、事件を調べる時間を捻出できないか？　そんな前向きなのか後ろ向きなのかわからない考えに取り憑かれていると、菱田さんから電話がかかってきた。

「もしもし」

〈夜遅くすまない。恭志郎について報告があります〉

菱田さんによると、わたしの指摘を上に伝えたことで緊急の会議が開かれ、相模くんが玲奈を殺したと決めつけることに慎重な意見が出てきた。相模くんが犯人だとする声が依然として強いものの、別人による犯行も視野に入れて捜査方針を見直すことが決まったという。

〈真犯人を捕まえないことには恭志郎の無実を証明できないが、最悪の事態はひとまず回避された。君のおかげだ。上に報告をあげた私も、降格は免れそうです〉

「『降格は』ということは……」

〈捜査からはずされることが正式に決まりました。本庁から所轄署に異動にもなるでしょう〉

なんと言っていいかわからないわたしに、菱田さんはこれまでと変わらない口調で言う。

〈君にも迷惑をかけたし、少しお返しがしたい。朝倉さんの事件について、現時点ではまだ公になっていない情報を教えます〉

「いいんですか？」

〈構いません。さっきは朝倉さんに関する情報を得るための駆け引きに使おうと思っていたのに、うっかり蜂の巣のことをしゃべってしまったんでしょう？〉

気づかれていたんだ。なにも返せないでいると、菱田さんは言った。

〈やっぱり君は、しっかりしているようで抜けてるな〉

「そうみたいです」

小さくはあるけれど、菱田さんの笑い声が聞こえた。

〈心配しなくても、上の許可は取ってある。それに、どうせ今夜の記者会見で話すことになってるんだ。マスコミには恭志郎が犯人であるかのようににおわせてしまった手前、別の情報を出さないと恰好がつかないからね。君には、先行公開するようなものだと思ってください。もちろん、他言無用です〉

「わかりました。それで、情報というのは？」

〈ネックレスです〉

殺された一〇月二三日、玲奈はバイト先のブックフラッグの更衣室で、ネックレスをつけているところを目撃されている。銀の鎖に真紅の小さな三日月がぶら下がった、かわいらしいネックレスだったという。ところが遺体となった玲奈は、それを身につけていなかった。犯人が持ち去ったと見られる。

「先生が、玲奈にネックレスをプレゼントしたと言っていました。それではないでしょうか」

〈ああ。駅の防犯カメラに映っていたものを拡大して先生に見せたら、そうだと言ってました〉

「だったら先生が、自分と玲奈の関係を隠すため持ち去った――いえ、違いますね。先生は事件の後すぐ、玲奈との関係を松井先生に報告してるんですから。それにネックレスが持ち去られたことは、警察が調べればすぐにわかる。注目されて、却って怪しまれますよね」

〈そうですね。ネックレスは量産品なので、そこから足がつくことも考えにくい。恋人を殺して動揺して、そこまで頭が回らなかった可能性があると考えている捜査員も何人かいますが〉

悔しそうな口振りから、菱田さん自身がその一人であることが伝わってきた。昨夜、相模くんを追い詰める葛葉先生を目の当たりにしたからか。胸が痛むのと同時に、ネックレスに関して違和感を覚えていた。

これまで気づかなかったけれど、ネックレスに関して矛盾した情報を耳にしたことがあるような……。

〈それなりに値の張るネックレスらしいから、ほとんどの捜査員は、葛葉先生ではない人物――

恭志郎か、もしくは通り魔が犯人で、金目当てに持ち去ったと考えています。先生には、一応だがアリバイがあるから無理もない〉
「なるほど」
違和感が消えなくて、生返事しかできない。

菱田さんからの電話を切った後、ベッドに両膝を抱えて座り込む。

ネックレスに覚えた違和感が、頭から離れない。なんだろう？　それさえわかれば、事件が前提から覆る予感じみたものがあるのだけれど。落ち着いてもう一度、この一週間見聞きしたことを最初から考えて――。

「あれ？」

先生の家で話しているときは気づかなかったが、昨日カフェで菱田さんから聞いた話を踏まえると、先生とあの人の態度に温度差があるように思えてきた。深い意味はないのか、それとも……。さっき調べたばかりだけれど、葛葉先生の経歴を見直せばなにかわかるかも――。

次の瞬間。

その存在に気づいたわたしは、ベッドの上で立ち上がった。

昨日、先生の家に行ったときの記憶が頭の中で自動的に再生される。気がつけば、全身が熱を伴って震えていた。とても信じられないけれど、それならネックレスが持ち去られた理由はお金目当てなんかじゃない。たぶん、いまも処分されず――。

行かなくては。先生のところへ、いますぐに。

□□□□

今夜は興奮で眠れそうになかった。明日で遂に、守矢千弦から解放される。そのことに歓喜している——ことだけが理由ではない。

きっと守矢は、オレンジバースの仕事に夢中になって、すぐに朝倉のことを忘れるだろう。優秀らしいから仕事で結果を残し、充実した毎日を送り、恋人もできるだろう。そのことを想像すると、苛立ちが抑えられなくなったのだ。

調子に乗っている上に薄情なあんな小娘が幸せになるなんて、世の中はおかしい！

おかしいと言えば、一度も疑ってこなかった警察も、負けず劣らず——。

ノックの音がして、大袈裟ではなく飛び上がった。ドアの向こうから声がする。

「話があるから開けなさい」

「こっちにはない」

「こちらにあるんだ。開けなさい」

無視していると、ノブが回された。鍵をかけているので開かないのに、ノブは執拗かつ強引に回され続ける。まるで、ドアごと破壊せんばかりの勢いで。こんなことは初めてだ。

「開けるよ。開ければいいんだろ」

聞かせるための舌打ちをして、荒々しくドアを開けた。

「一体なんの用で——」

睨みながら口にした言葉は、半ばで消えた。廊下に立っていたのは、葛葉だけではない。

ベリーショートの髪にパンツを穿いた女――守矢千弦の姿もあった。

守矢は、鋭い双眸で睨みつけている――私のことを。

五章

いまとなっては自分でも信じられないことに、私は快活な子どもだった。

「レイナちゃんはかわいいね」「レイナちゃんはすてきだよ」「レイナちゃんは僕の宝物だ」

父がことあるごとに、こういう類いの言葉をかけてくれたからだ。父の職業である「大学の先生」というのがなにをする人なのかわかっていなかったが（いまもよくわからない）、本も出しているのだから頭がいいのだと思っていた。そんな人からこんな風に言われる私はすごい女の子なんだ、と前向きになれたのは当然だった。

父は、自分の研究分野に関する本の話をよくしてくれた……というより、してほしいと私がせがんだ。父がどんなに嚙み砕いて犯罪社会学について解説してくれてもさっぱり意味がわからなかったけれど、そうやって父とすごす時間が好きだった。テレビから流れてくるニュースについても、父は同じように解説してくれた。そのうちに、私の方でも本やニュースについて自分なりに思ったこと、考えたことを口にするようになった。振り返れば拙（つたな）いことばかり言っていたけれど、父はいつも笑顔で耳を傾けてくれた。

あのまま父と暮らしていたら、私の運命は変わっていたに違いない。

母が父と離婚したのは、私が一〇歳のときだった。離婚の原因は、父が仕事であまり家にいなくて母とすれ違いが生じたという、ありふれたものだった。でも当事者である私には、予想外すぎた。前々から両親がなんだかよそよそしいとは思っていたけれど、別れるほど深刻だったなんて。両親が私に気を遣って隠していた——と言いたいところだが、単に私が鈍かっただけかもしれない。

親権は、母が持つことになった。私としては、父と暮らしたかった。母も嫌いではないけれど、頭のいい父と話すのが楽しかったからだ。母には「お母さんと一緒は嫌なの？　理由があるならちゃんと言って」と迫られたけれど、言えるはずがなかった。それでも「絶対に怒らないから」と繰り返されたので、すなおに話した。約束どおり、母は怒らなかった。

でも、泣いた。

「お母さんより、お父さんの方が頭がいいと思ってるんだね。お母さんだって、学問の道に進みたかったんだよ。でもレイナを育てなきゃいけないからあきらめたのに」

「ちゃんと言って」と言うから従ったのに、なんでこんなことを言われるの？　理不尽だと思ったが、母を泣かせてしまったことがショックで何度も謝り、お母さんについていくと言った。

こうして私は、葛葉レイナから小野田（おのだ）レイナになった。

父は私と定期的に会う機会を設けたがっていたけれど、母が難色を示して有耶無耶（うやむや）になった。

都会での暮らしに疲れていた母は、地元のP県に戻ることにした。母の両親は既に他界していたけれど、平屋の一軒家を残してくれたし、周りに知り合いは多い。市役所で非常勤の職を得られたことも大きかった。当然、私は転校することになった。

新しい学校では、「小野田さんはP県訛り（なま）がない」「生粋のP県民とは違う」などとことあるごとに言われた。生まれてから一〇年、神奈川県で暮らしていたのだから当たり前だ。それでもなんとかしたい一心でP県民っぽく訛ってみたら、「都会育ちがP県をばかにしている」と学級（クラス）中から嫌な顔をされた。担任の先生からも職員室に呼び出され、「エリート気取りだと思われても仕方ないよ」と叱られた。

どうしていいのかわからず、友だちと呼べる存在は一人もできなかった。


「すぐに仕事を見つけるなんてお母さんはすごい」と子ども心に思っていたけれど、母はずっと不満と不安に苛まれていた。天下の慶秀大学を卒業したのに正規の職員になれず、いつ契約を切られるかわからない不安定な職しか得られなかったせいだ。母はすぐ正規採用されると踏んでいたようだが、現実は厳しかった。

「私より学歴が低いだけじゃない、仕事もできない連中が、どうしてのうのうと正規職員をやってるの？　どいつもこいつも、一度家庭に入った女に冷たすぎない？　しかも、まだ三〇すぎなのにオバサン扱いして」などと酔う度に愚痴っていた。私が頷くことしかできないでいると、「ちゃんと聞いてるの？」と怒られた。

P県に移ってから一年もしないうちに母が地元の幼なじみと再婚したのは、そういう背景があったのかもしれない。

私にとっての新しい父は、もとの父とは正反対の、頭より身体が先に動くタイプの男だった。

本やニュースの話も一切してくれない。もとの父が恋しくなったが、母が選んだ人なのだから仲よくしなくてはならないと思った。

でも新しい父は、まだ小学生の私を露骨に「女」として見た。最初はまったく意識していなかった。でも、やたら一緒にお風呂に入りたがったり、偶然を装って私が着替え中に部屋に入ってきたりすることが続いて、さすがに妙だと思った。食事中、テレビを観ていると思ったら視線が私の胸に釘づけになっていることも何度もあった。

自分の胸が学級（クラス）の子たちより一際大きくなっていることを気にしていたので、たまらなく嫌だった。

母もすぐ新しい父の視線に気づき、夫婦仲がぎくしゃくするまでに時間はかからなかった。学校では友だちができず、家は居心地が悪い。こんな生活がいつまでも続くのかと思うと暗澹（あんたん）たる気持ちになったが、終わりは意外に早くやってきた。

新しい父が酔った勢いで、深夜、私の布団に潜り込み胸を揉（も）んできたからだ。

私が悲鳴を上げて警察が来る事態となり、新しい父は家を出た。それから少しして、私が中学生になる前に母は離婚した。

磯野（いその）レイナだった期間は短かった。

「小野田レイナはエロ女」

その陰口を私が初めて耳にしたのは、中学生になってすぐだった。

制服を着て学校に行くのは新鮮で、これまでの自分をリセットできた気がしていた。学区の関係で、同じ小学校から進学した人も少ない。小野田レイナになってから楽しいことがあまりなくて口数も少なくなったけれど、これから葛葉レイナだったころの私に戻るんだ——そう張り切って、友だちがたくさんできそうな部活を見学して回っていた放課後、教室で女子のグループがひそひそ言い合っているのが聞こえてしまったのだ。廊下で聞き耳を立てる私に気づくことなく、女子たちは話し続ける。

「エロ女って、なんで?」

「お母さんが離婚してるんだよ」

「そんなの、いまどき珍しくないじゃん」

「でも二回だよ。一回目は東京にいたときだよ」

「うわー、それはヤバいわー」

支離滅裂（しりめつれつ）だ。東京で離婚することのなにがヤバいのか。だいたい、日吉は神奈川県横浜市だ。百歩譲ってヤバかったとしても、それは母のことであって私は関係ない。こんなガキっぽい人たち、誰からも相手にされない。

そう思ったのに、一週間もしないうちに、「エロ女」という決めつけは男女関係なく広まった。きっと、みんな新しい環境に慣れることができるか不安だったんだと思う。そんなとき、私が「母親が二回離婚した」「東京（本当は神奈川なんだけど）から来た」というほかの人にはない特徴を二つ持っていることを知って、ターゲットにして団結したのだ。

学級（クラス）の人たちは、私が教室に入ると目配せして笑い合ったり、トイレに行くとわざとらしくこそこそ言い合ったりした。離婚をネタにされているから、母には相談しづらい。でもこんなガキなことはすぐにみんなあきると思って、ずっと無視していた。

担任の女性教師はまだ若いせいか、みんなの様子に気づいていないけれど、そう遠くないうちに注意してくれるとも思った。

でも年齢の割に大きかった胸がさらに大きくなり、それも「エロ女」と結びつけられるようになると、さすがに我慢できなくなってきた。「あのおっぱいで新しいお父さんを誘惑したから、お母さんは離婚しちゃったらしい」という噂が流れると二人目の父の視線を思い出し、我慢の限界が近づいてきた。

そして、中一の冬。数学の授業中、男性教師に指されたから答えたのに、「ひゃー」とか「おー」とかいう冷やかしの声が教室の方々から上がった瞬間、我慢の限界を超えた。

「いい加減にしろよ！」

私がこんなに大きな声を出すとは、誰も思わなかったのだろう。実のところ、私自身も驚いていた。教室は静まり返ったが、すぐに男性教師がこう言った。

「そんな言い方はないだろう、小野田」

聞き違いかと思った。でも男性教師は「小野田がそんな口をきくなんて、先生はちょっとがっかりだな」と、私の名前を繰り返す。悔しくて、泣いてしまって、その場で事情を捲し立てた。

男性教師は「それはお前らが悪い」としかめっ面で学級全体に言った。やっとわかってもらえた。

でも溜飲が下がり切る前に、男性教師は私一人に向かって言った。

「小野田も悪いぞ。言い方ってものがあるだろう」

なに、言い方って？　私はこれまで、さんざん我慢してきたのに？

その後の授業がどうなったかは思い出せない。ただ、男性教師が教室を出た後で、「エロ女、誘惑しっぱーい」という女子の歌うような声と、どっと笑う声が聞こえたことは覚えている。

その日の放課後、担任の女性教師に職員室に呼び出された。数学の授業でのことを男性教師から聞いたと前置きした上で、「みんなは軽い気持ちで言ってるだけなんじゃないかな」「小野田さんも、笑って受け流すくらいの余裕があった方がいいと思うよ」などと言われた。私が「エロ女」と言われていることを知って、驚いた様子はない。だから、この人は学級(クラス)で起こっていることに気づいていなかったのではなく、そのふりをしていただけなのだとわかった。

次の日から、私は理由をつけて学校に行かなくなった。熱っぽい、喉が痛い、生理が重い……いろいろ言い訳を駆使したけれど早々にネタが尽きて、「エロ女」と言われていることを母に打ち明けた。心苦しかったけれど、母が二回離婚していることが原因であることも話した。当然、母は味方になってくれると思った。なのに深々と息をついた母から、こう言われた。

「そんなことでいちいち怒ってたら、社会でやっていけないよ。みっともないから、学校に行きなさい」

行きたくないなら無理に学校に行かなくていい、なんて受け入れてくれるのは都会だけ。田舎では近所の目が気になり、「みっともない」の方が先に立つ。そのことを学んだ瞬間だった。

数学の授業での一件以来、私は「エロ女」に加えて「ヒステリー女」とも言われるようになった。胸に栄養を取られているので精神的にいつも不安定なのだと、もっともらしい解説までついていた。

世間では胸が大きい女性がもてはやされるらしいけれど、そんなのはグラビアアイドルとか特殊な例だ。学校という閉鎖空間の中では、周囲と大差ない、無難なサイズであればあるほどいい。なにも胸にかぎった話ではない、他人と違うこと、他人より目立つことが悪なのだ。

でも、高校に入れば変わるはずだった。偏差値の高い人たちが集まるところなら、こんなくだらないことで騒がれない。

そう思ったから、どんなに泣いても吐いてもお腹を下しても、内申点をよくしたい一心で中学に通った。必死に勉強した甲斐もあって、県内二位の難関高校に合格できた。同じ中学で合格した人はほかにいない。真新しいブレザーに袖を通したときは、今度こそこれまでの自分をリセットできると思った。実際、高校に入ってからは「エロ女」「ヒステリー女」と言われなくなったし、胸について言及されることもなくなった。もとの父のように、本やニュースの話をする友だちもできた。やっぱり自分をリセットできたと思った――最初の二ヵ月は。

「地元の友だちから聞いたんだけど、小野田さんって中学のとき『エロ女』って言われてたらしいよ」

「あはは、なんかウケる」

学級の女子二人が交わす会話を耳にしたのは、トイレの個室に入っているときだった。二人はその後すぐ出ていったから、会話の続きは聞けなかった。教室に戻った私には、それまでと変わることなく接してくれた。

でも全面的に信用するには、中学時代は長すぎた。

時間が経つにつれ、腹も立ってきた。地元の友だちから聞いた話を、どうして学校でするんだ。

黙ってればよかったじゃないか。聞いた方だって、ウケてないで「そんなこと言ったらだめだよ」とか注意してくれればいいじゃないか。

身勝手なのはわかっている。でも、二人の顔を見て話すことができなくなった。

そのうちに、この二人だけじゃない、学校のみんなとどう接していいのかわからなくなった。

誰かに相談したかったけれど、そんな相手は思い浮かばない。母とは、中学生のとき無理やり学校に行かされて以来、ぎくしゃくしている。もとの父ならあるいは、と思ったけれど、あの人の中で私は、本やニュースの話をするのが好きな賢い娘のはず。その記憶を汚したくなかった。

思い余って、インターネットの悩み相談サイトに投稿してみた。身許がばれないようにP県民であることを隠したり、年齢をごまかしたりしたが、概ね自分のことをそのまま書いた。投稿したのは、夜一〇時。それから日付が変わる前に、回答がたくさんついた。

そのほとんどが、私を責めていた。

友だちを信じられないお前が悪い、被害妄想が強すぎる、県内一位の高校に入学しなかったから周りがアホばかりなんだ……これらはまだマシな方で、〈エロ女にエロ女と言ってなにが悪い〉〈巨乳で悩むくらいならAV嬢になれよ〉などというセクハラでしかない回答も少なくなかった。

でも一番ショックだったのは、この回答だった。

〈あなたがこんなことで悩んでいると知ったら、お友だちはどう思うでしょうね〉

嘘を交えているから身許がばれるはずなかったけれど、すぐさま投稿を削除した。ネット上にあったのは二時間弱だから、友だちに見られているはずがない。

でも、誰かがスクリーンショットを撮っていたら？　それを友だちが見たら？　友だちじゃなくても、中学時代のクラスメートが見たら？

考えれば考えるほど悪い可能性ばかり思い浮かんでしまって、意味もなく叫び出しそうになった。みんなが私のいないところで「エロ女」と囁き合っている夢も見た。その夢は、次の日もその次の日も続き、今度こそ私は学校に行けなくなった。


不登校になった私に、母は最初のころ、学校に行くよう厳しく言ってきた。頑なに拒否して部屋から出ないでいると、怒鳴るようになり、それから泣くようになった。その後で黙るようになったのは、私に「お父さんに相談したら『カウンセリングに行った方がいい』だって」と言ったことがきっかけだ。ドア越しだったので、母がどんな顔をしていたのかはわからない。

「お父さんって、日吉のお父さん？」

「もちろん。正直、都会の人の発想だとは思ったよ。Ｐ県でそんなところに行ってると知られたら、なにを言われるかわかったもんじゃない。でも、専門家の力を借りるのが一番だというお父さんの意見ももっとも――」

「そういう問題じゃない！」

死にたくなった。お父さんの記憶の中の私を汚したくなかったのに。泣き叫び、ドアを蹴り飛ばした。

「レイナが学校に行こうとしないのは、中学のときに続いて二度目じゃない。お母さんだけだと、もうどうしようもないの！」

母に泣き叫ばれたせいで、ますます頭に血がのぼった。

「余計なことをしないでよ、ろくな男と再婚しなかったくせに！」

言い終える前に、支離滅裂だと思った。中学のとき、わたしをエロ女呼ばわりした人たちと変わらない。すぐに謝ろうとしたけれど、母は言った。

「あ、そう」

冬の空気のような、耳を痛めつける声だった。私がなにか言う前に、母がドアの前から遠ざかる音が聞こえてくる。廊下を軋ませるその音すら、冬の空気を思わせた。


あまり家から出ず、母とは食事のとき以外は顔を合わせることがないまま、三年が経った。

「私だって、いつ役所の契約を切られるかわからない。自分で食べる分は自分で稼いで」

出席日数が足りなくて高校を中退した後、登校する回数が少なくて済む通信制高校を見つけてどうにか卒業した私に、母は相変わらず冬の空気を思わせる声で言った。このまま働かなかったら、声の温度はますます低くなるに違いない。とても耐えられないし、いつまでも母に頼るのも申し訳ないので、すぐに求人サイトで仕事をさがした。

地元だと知り合いに出くわして、また昔の噂を流されるかもしれない。隣のQ県に絞って見つけた仕事が、地元タウン誌の編集記者だった。名刺に「編集記者　小野田レイナ」と書かれていたら、なんだか知的な感じがする。マスコミは大卒でないと応募資格がないイメージがあったけれど、ここは学歴不問とある。思い切って応募したら、あっさり採用された。

採用されてから「ものすごいブラック企業で人が居着かないんじゃないか」と思ってこわくなったが、そんなこともなかった。

社員は、私を含めて六人。社長兼編集長は「うちの雑誌でQ県を元気にする」という善意とやる気に充ちたおじさまで、副編集長は子育てを終えて職場復帰したキャリアウーマン。ほかの三人も仕事熱心で、新人の私にいろいろ教えてくれる。最初は狭すぎて驚いた事務所も、和気藹々(わきあいあい)とした会社の雰囲気にはぴったりだとすぐに思った。

仕事内容は、Q県内のお店やイベントを紹介する記事を書くこと。それによって広告料をもらって経営が成り立っているので、絶えず取材対象の顔色をうかがわなくてはならない。それにストレスを感じることはあったけれど、ほとんどの人が「載せてもらってありがたい」と感謝してくれた。「小野田さんが書いてくれた記事のおかげで、お客さんが増えました」とお礼を言いにきてくれる人までいた。

とうとう自分の居場所を見つけたかもしれない。そう思えて、夢中になって仕事に打ち込んだ。ウェブサイトの管理と更新も任されるようになると、ますます忙しくなった。入社して五ヵ月目でアパートを借りて、Q県で独り暮らしを始めた。

ウェブサイトをいじるのは楽しかった。必死に勉強して、専門知識を学んだ。おかげでかなり詳しくなり、周りから頼りにされるようにもなった。

これまでが嘘のような希望に充ち満ちた毎日の中、唯一、私に対する社長の言動だけは不満だった。

「小野田ちゃんは、いい人いないの?」「もてるでしょう。かわいいし、スタイルもいいんだから」「来年には二十歳(はたち)なんだから、カレシの一人くらいつくらないと」

こんな風に、なにかと私の恋愛事情を話題にしてくる。その度に笑ってごまかしていたけれど、いい気はしなくて副編集長に相談した。副編集長は「気持ちはわかる」と苦笑したけれど、こう続けた。

「いまどき、社長が言ってることはセクハラだよね。でも、うちは社長のワンマン会社だから、騒いだら面倒なことになる。小野田さんをかわいがってはいるんだし、身体に触ったりしてくるわけでもないんだから、うまくあしらえないかな」

納得できなかった。副編集長もセクハラだと思っているなら、一緒に社長に抗議してくれればいいじゃないか。社長だって、セクハラに関するニュースを見て「ひどい話だ」と怒っていたことがあるから、自分が同じことをしている自覚がないだけで、話せば理解してくれるはず。そう食い下がっても副編集長は「現実問題として、田舎の小さい会社で女性が権利を主張するのはまだまだ難しいんだよ」と私を宥めるだけだった。

どうしても納得できなかった私は、翌日の編集会議の冒頭で、社長に、あなたの言動は私に対するセクハラであることと、今後はやめてほしいことを訴えた。私は当然の権利を主張しただけだ。なにも悪くない。なのに、会議室の空気はなぜか凍りついた。副編集長が、慌ててなにか言いかける。でもその前に、社長が抑揚のない声で言った。

「そうですか。ご意見は承りました」

「なんで他人行儀な言い方になるんですか?」

私が笑っても社長はにこりともせず、副編集長たちはばつの悪そうな顔をして俯いた。その後の会議は、いつもと違ってぎこちない雰囲気のまま終わった。社長が機嫌を損ねたようだけれど、すぐにわかってくれるだろう。なにしろ、「うちの雑誌でQ県を元気にする」という高い志を持った人なんだから。

でも翌日以降も、社長は私と目を合わせず、「おはようございます」「お先に失礼します」と挨拶しても黙礼するだけだった。毎日のようにしてきたセクハラ発言も、一切なくなった。呼応するように、副編集長たちも私と最低限の会話しか交わさなくなった。

ようやく手に入れた居場所が崩れていく音が、聞こえた気がした。

私は絶対に悪くないはずだけれど、背に腹は代えられず、みんなの前で社長に謝った。どうしたら許してもらえるかも訊ねた。本当に、なんでもするつもりだった。でも社長は「別に」と私の目を見ずに言っただけだった。

振り返れば、謝ったのは致命的な失敗だった。副編集長たちにまで「謝ってるということは小野田の方が悪い」と思われてしまったからだ。その後は最低限の会話すら、誰も私と交わしてくれなくなった。書き上げた記事は、私が知らないうちに誰かが勝手に直して誌面に掲載されるようになった。副編集長に抗議しても、「時間がなかったから」と素っ気なく返されるだけ。ほかの人に抗議しても同じ反応なので、「小野田がなにか言ってきたらこういう風にしよう」と示し合わせているとしか思えなかった。

そのうちに、編集会議は私が会社にいないときに開かれることが当たり前になった。取材から戻ると、社長たちが和気藹々と話す声が廊下にまで聞こえる。でも私が事務所のドアを開けて「戻りました」と言うと、断ち切られたように会話がとまる。

こんな生活に耐えられるはずがない。

二ヵ月もしないうちに、朝、ベッドから起き上がるのが辛くなった。季節は初夏なのに、会社に行こうとすると身体が震え、冷たい汗が背中に滲む。それでも無理やり会社に通い続けたけれど、ほどなくベッドから起き上がれなくなった。会社に電話して、具合が悪いから休みたい旨を伝えると、副編集長は、お大事に、とだけ言って電話を切った。

どこが悪いのか、訊いてもくれない——衝動的にもうやめたいと社長にメールすると、本文はなく、手続きに必要な書類のＰＤＦのみが送られてきた。必要事項を書き込んで返信し、私の会社員生活は一年ちょっとで終わった。

アパートも引き払い、実家に戻った。

実家に戻ってからも、外に出ようとすると身体が震えた。コンビニやスーパーに買い物に行くのが精一杯で、ほとんど家から出ずにすごすようになった。たまに家の中を掃除したり、母の分まで食事をつくったりする以外は、なにをするでもなく、自分の部屋でベッドに横たわって天井を見上げるだけの毎日だ。

我慢して中学に通ったのに、「社会でやっていけない」という母の言葉が実現してしまった。どうしてこうなっちゃったんだろう？　いつだってどうにかしたくて必死にがんばってきたし、悪いことだってした覚えはないのに。

ろくに身体を動かさないせいで、体重はどんどん増えていった。お風呂で弛(たる)んだ腹を見たときは、信じられなくて両手で何度も脂肪をつまんだ。やせなきゃと思ったけれど、鏡の前に立つと、腹が出たおかげで胸が前ほど目立っていないことに気づいた。

思えば二人目の父に胸をじろじろ見られた辺りから、私の人生はおかしくなり始めた気がする。

胸のサイズが人並み以下だったら、二人目の父が私にかまうことも、学校でエロ女と言われることもなかったんじゃないか。その発想に取り憑かれてから、食事の量を増やし、食後はすぐ寝転がるようになった。おかげで体重はどんどん増えた。胸も膨らんだが、腹が弛む方が速かった。目立たなくなる胸を鏡で見る度に、唇が自然とつり上がった。

一方で、こんなことをしても無駄どころか身体に負担にしかならないこともわかっていた。鏡に映る自分が醜く見えるのは、体形が崩れたことだけが理由ではないことも。

胸のない女が、心底うらやましかった。街中で見かけるだけではない、そういう女のことを考えただけで鼓動が激しくなるようになったのは、このころからだ。

私がタウン誌で働いている間に、母は残業と休日出勤が増えていた。正規採用されたのかと思ったら、立場と給料は非正規のままで、仕事量だけ正規職員並みにされただけらしい。

「人件費削減で、新しい人を全然採らないの。いつ契約を切られるかわからない以前に、身体をこわしてやめちゃうかもしれない。あんたを養う余裕はないんだからね。ちゃんと働いてよね」

母は食卓で私と顔を合わせる度に、相変わらずの冷たい声で繰り返した。それに対し私は、気力を振り絞って、ああ、とか、うん、とか返す。これ以外の会話は一切なかった。何度も言わなくてもいいじゃない、とは思ったが、ご飯を食べさせてもらっている身なので文句は言えない。

そんな生活が半年ほど続いたある日、いつもの会話の後で、母は疲れたように言った。

「まさか、自分の子どもがひきこもりになるなんてね」

「たまに買い物に行ってるし、掃除や食事の支度だってしてるでしょ。ひきこもりとは違う」

「似たようなものでしょ。この先、なにをしでかすかわからないと思うとこわいよ」

母は荒々しく息をついた。到底納得できなかったけれど、部屋に戻ってからネットで調べると、厚生労働省はひきこもりを「様々な要因の結果として、就学や就労、交遊などの社会的参加を避けて、原則的には六ヵ月以上にわたって概ね家庭にとどまり続けている状態のこと（他者と交わらない形での外出をしている場合も含む）」としていた。奇しくも私は、会社をやめて半年。この間、母以外で会話した相手は店員くらいだ――「いらっしゃいませ」「ありがとうございました」と一方的に言われることを会話に含めていいのかわからないが。

さらに調べると、暗い部屋で日がな一日ゲームをしたり、親に世話してもらうことを当たり前だと思ったりしているひきこもりは、メディアがつくった虚像であることがわかった。大抵のひきこもりは少しくらい外出するし、家族の負担になっていることを申し訳なく感じているらしい。

母がどれだけ本気で言ったのかは知らないが、なるほど、私は立派なひきこもりだった――「なにをしでかすかわからない」という犯罪者予備軍のようなひきこもりもメディアの虚像で、自分のことで手一杯で犯罪に走るどころではないひきこもりが大多数らしいけれど。

一度は就労経験があり、また働きたいと思っているひきこもりがいることも知った。そのために、支援の窓口を設けている自治体もあるようだ。最寄りの市役所にもある。

行ってみよう。市役所では母が働いてるから、顔を合わせないように気をつけながら。

決意したその日のうちに、久々にメイクをした。タウン誌をやっていたころのスーツはすべてウエストが入らなくなっていたけれど、ほかにフォーマルなものもないので無理やり着込んだ。ほんの少し腹に力を入れたらファスナーが飛びそうなので、注意しながら出かけた。

コンビニやスーパー以外の目的地に向かうのは、いつ以来だろう。指先が震えたが、また働けるかもしれないという高揚感の方が勝っていた。

ひきこもりの支援窓口は、役所の一階奥にあった。相談者が思いのほか大勢いて、少し怯む。どうやらひきこもりに限定せず、なにかの理由で働きたいのに働けない人全般の相談に乗っているらしい。それぞれ事情が違うのだから、一緒くたにしない方がいいのに。母が言っていた人件費削減は、こんなところにも影響しているのだろうか。

母に見つかったらどうしよう、とびくびくしながら待つこと一時間。ようやく受付番号を呼ばれた。隣と衝立で仕切られたカウンターに行くと、恰幅のいい中年男性が座っていた。

「今日はよく来てくださいました。なんでもお話しください」

男性の口調はやわらかく、口許には愛想笑いとは違う、優しそうな笑みが浮かんでいた。

でもそれが、タウン誌の社長の顔と重なってしまった。あの人だって優しかったじゃないか、私がセクハラをやめてほしいと訴えるまでは。指先が、ここまで来たとき以上に震える。

「……女性に、代わってもらえませんか」

なんとかそれだけ言う。男性は意表を衝かれた顔をしたが、すぐ笑顔に戻り、「ちょっと待っててくださいね」と奥に引っ込んだ。

男性は、なかなか戻ってこなかった。すぐに応対できる女性スタッフがいないのかもしれない。申し訳ない気持ちになってくる。あんな優しそうな男性とすらまともに話せない自分が普通に働けるはずない、という現実も見えてくる。

どれだけ時間が経ったろう。母くらいの年代の女性が、駆けるようにやってきた。

「すみませんね、お待たせしちゃって」

女性の頬は赤く染まり、額にはうっすら汗が滲んでいた。もしかしたら、休日なのに呼び出されたのだろうか。消え入りたい気持ちになってくる。

女性が「男の人には話しにくいことってありますよね」「よくあることだから、気にしないでくださいね」などと気を遣って言う度にその気持ちは強くなり、二言三言どうでもいい言葉を返しただけで席を立った。


それから数日は、母と顔を合わせる気力もなく、ほとんど部屋から出なかった。食事はコンビニで買い込んだパンや弁当で済ませた。母は最初の一日こそ心配してくれたものの、すぐになにも言わなくなった。

目的もなく、だらだらとスマホでネットを眺めていると、中学の同級生のSNSを見つけた。ハンドルネームを使ってはいるけれど、投稿を見るかぎり、最初に私のことを「エロ女」と言い出したグループの一人に違いなかった。宝石が割れた指輪の写真をアップしているからなにかと思ったら、婚約者に騙され、捨てられたと嘆きかなしんでいた。

自分でも歪んでいるとは思ったけれど、元気が湧いてきた。

それから「失恋」「死にたい」「ひきこもり」などのキーワードでネット検索した。私より不幸そうな人がたくさん見つかったので、全部ブックマークした。

この人たちに較べれば大丈夫だ。私はまだまだがんばれる——少し歪んでいるだけで。

統計上、ひきこもりは女性より男性の方が圧倒的に多い。ただし女性は、実態はひきこもりでも家事手伝いと見なされたり、「男性に養ってもらえるから問題ない」と思われたりして、カウントされていないだけ。実際の数は、男性とそれほど変わらない――そう指摘されるようになったのは最近になってからで、行政のひきこもり支援は男性向けに偏っているようだ。

それを補う形で民間団体が女性のひきこもりを対象にした支援を行っているが、まだまだ数は少ない。そんな中で私が見つけたのが、あるNPO法人が手がける就労支援だった。私のような女性のひきこもりに、対人コミュニケーションや仕事に必要な基礎スキルをトレーニングしてくれる上に、職場で研修もさせてくれる。そこで認められれば、就職先も紹介してもらえるらしい。サイトにアップされた笑顔の女性の写真が決め手となって、私はここに申し込んだ。安くない金額を払うことになり、ただでさえ少なかった貯金はほとんどなくなったが、ちゃんと働けるようになるならすぐ取り戻せると思った。最後の賭けに出たつもりだった。

よく考えるまでもなく、どこにも「ひきこもりだった女性です」などと書かれていない時点で、女性の写真はフリー素材だと気づくべきだったのだが。

トレーニングは三〇分もかからず終わり、すぐに実地研修として居酒屋に連れていかれた。そこは絵に描いたようにブラックな職場で、ちょっとでももたつくとすぐに怒鳴られ、無能と罵(ののし)られ、就業時間をすぎても平気で残業させられた。あくまで研修なので、ただ働きだ。逃げようにも、トレーニングの際に契約書を書かされているので二ヵ月は働かなくてはならない。

それでも逃げようとしたけれど、仕事が終わってから「実際の職場では、もっと大変なことがたくさんあります。この研修に耐えなくてはいけません。それができれば、小野田さんは必ず働ける様になります」と何度も繰り返されると、そうかもしれないと思えてきた。研修は二ヵ月で終わりなのだし、我慢できないことはない。それに、うまくいけば就職先も紹介してもらえるかもしれないんだ。

疲れ切った頭でそう信じ込んで、私は次の日からも居酒屋に通った。

ひきこもり解消のためのトレーニングと称し、ブラック企業と結託して無料で働かせる悪徳NPO法人がある。それを知ったのは、怒鳴られても罵られても嘲笑されてもなにも感じなくなるくらい身も心もすり減り、居酒屋の「研修」を終えて数日経ってからだった。当然、就職先を紹介してもらえるはずもなかった。

私は最後の賭けに、いっそ清々(すがすが)しさを感じるほど無残に敗れたのだった。

最後の賭けに敗れた私に、母はなにも言わなかった。そもそも、二ヵ月どこでなにをしていたのかも訊ねてこなかった。そのことに気づいてから、自覚できるほどはっきり精神状態が悪化した。母が仕事に行き、家の中で一人だけになったときにすら、誰かの気配を感じる。その誰かが、私がなにかをしてもしなくても、怒鳴ろうと手ぐすね引いて待ち構えている……そんな妄想に取り憑かれた。

このままじゃまずい、なんとかしないと。

やっぱり歪んでいるとは思ったけれど、中学の同級生のSNSにアクセスした。宝石が割れた指輪の写真と、嘆きかなしむ文章を見れば元気が湧くはずだった。でも写真の投稿は削除されていて、最新の投稿には、違う指輪を嵌(は)めた左手薬指の写真がアップされていた。

〈新しいカレシと幸せです。明けない夜はない！〉

この投稿のコメント欄には、絵文字や顔文字が競い合うように投稿されていた。日本語を読めない人が見ても、彼女が祝福されていることはわかるだろう。

明けない夜はない——別に珍しくもなんともない、彼女も深く考えることなく書いたであろう一言を頭に置きながら、不幸な人たちのブックマークにアクセスしてみる。

何人かは立ち直り、幸せになっていた。そうでない人たちも、以前より不幸になってはいなかった。

「他人の不幸を見て元気になろうなんて、歪んだことをするからだよ」

誰かがせせら笑いながら言う声がした——違う、誰かもなにもない、私だ。私が自分で言って、せせら笑ってるんだ。

発作的に、スマホを床にたたきつけた。幸い、ディスプレイは無傷だ。そのことにほっとしてしまった自分に腹が立って頬を思いっきりはたくと、濡（ぬ）れていた。いつの間にか泣いていたらしい。それに気づくと、涙がとめどなく流れ出た。

誰かに、話を聞いてほしかった。

助けてくれなくても、慰めてくれなくてもいい。私が自業自得でこうなったというなら、そのことを指摘して、小ばかにしてもらって構わない。

とにかく、話を。誰でもいいから、話を。

でも、つき合ってくれそうな人は一人もいなかった。みんな、どうしてそんな簡単に友だちをつくることができるのだろう。私はほかの人たちと、なにが違うというのだろう。これまでの人生、私は誰とも親しくなれず、誰からも構われず、誰にも相手にされず――。

そこまで否定を並べたとき、脳裏に父の顔が浮かんだ。

「レイナちゃんはかわいいね」「レイナちゃんはすてきだよ」「レイナちゃんは僕の宝物だ」

そうだ。父だけは、私を認めてくれた。離れ離れになったのだって母と離婚したせいであって、私を嫌いになったわけじゃない。

会いたい。ずっと連絡を取っていなかったのに虫がいいとは思うけれど、強くそう願った。

父は、テレビにコメンテーターとしてよく出演していた。知識人気取りの芸能人たちが唾を飛ばして犯罪者を糾弾する中、やわらかな口調で冷静に状況を分析する姿は、ネットでも評判がよかった。肩書きは、いまも慶秀大学准教授。大学のサイトを見ると、メールアドレスは公開していなかった。SNSもやっていないから、簡単に連絡は取れない。父は離婚してから固定電話を解約してスマホだけにしたらしいが、その番号は母に訊かないとわからない。大学に電話をかけてつないでもらう？　無理だ、大学の人とうまく話せる自信がない。

でも父とは、きっと話せる。父だって、私を受け入れてくれる。

日吉まで行くお金も気力もないから、父の方が私の異変を察知してP県に来てくれる。そんな妄想に浸るのが、それから日課になった。

「これからのことを話し合おう」

父との妄想に浸るようになって数ヵ月経ったころ、母にそう言われた。例によって冬の空気を思わせる声で言われても、建設的な話ができるとは思えない。とはいえ、会社をやめて一年以上夕ダ飯を食べさせてもらって申し訳なく思う気持ちはある。だから、少しだけ待ってほしいと答えた。もう少し父との妄想に浸っていれば、前向きな気持ちになれるかもしれないと思ったのだ。母は「あ、そう」と言っただけだった。

その次の日。お客さんが来たようで、玄関で母と誰かが話す声が聞こえてきた。珍しいと思っていると、廊下を踏み鳴らすように歩く音がした。ぎょっとしているうちに、ドアを破らんばかりの激しいノックの音がする。

「開けろ」

高圧的な男性の声が、それに重なる。身体を竦ませていると、男性は続けた。

「いるのはわかってるぞ。返事くらいしたらどうだ」

なんで顔も知らない相手に、いきなりこんなことを言われないといけないの？　お母さんはどうしたの？　パニックになりかけていると、ドア越しに会話が聞こえた。

「ドアをこわしても構いませんね」

「はい、連れ出してもらえるなら」

母の声だった。母も了承しているということ？　どうなってるの？　訳がわからないけれど、とにかくやめてもらわないと。

「い……いま、開けます……」

私のその声をかき消すように、ドアが衝撃音とともに揺れた。

「いま開けますってば！」

繰り返しても衝撃音は続き、ドアはあっけなく破られた。廊下に立っていたのは、竹刀を持った細身の男性と、筋肉質の男性だった。筋肉質の男性が、自分の肩をさすっている。あの人がドアに体当たりしたらしい。

細身の男性は、竹刀の先端で私を指し示した。

「返事もしないから、こんなことになるんだ。まずはそこから指導してやらないとな」

返事はしたけど、聞いてなかっただけじゃないか……いや、そんなことより。

「し……指導って……なんですか」

男性相手になんとか訊ねた私に、母は言った。

「この人たちは、ひきこもりを治してくれる業者さんなの。たくさんのひきこもりを真人間にしてきたんだって。レイナもそうしてもらえるよ」

そういう業者がいることは知っていた。でも無理やり連れ出された人が収容所のような施設に閉じこめられ、暴行を受けたり、死亡したりするケースもある。この人たちもそういう悪徳業者――「引き出し屋」と呼ばれる業者なんじゃないか。ドアをこわすなんて普通じゃないし、ひきこもりを「真人間にしてきた」と言った母を咎(とが)めない、即ち、ひきこもりをまともな人間扱いしていないことが、その証拠だ。

おしっこを漏らしそうなくらいこわかったけれど、必死にそう言った。すると母は、ぽつりと呟いた。

「だとしても、ほかにどうしようもないでしょ」

母の声からは、久しぶりに温度が感じられた。眩暈(めまい)がした私は、床に両膝をつく。

引き出し屋の二人が部屋に入ってきて、両側から私の腕をつかむ。我に返り、泣き叫んで暴れていると、左右から一斉に罵倒された。

ばかやろう、こういうときだけ元気になるんじゃねえ、甘えるな、お母さんにどれだけ迷惑をかけてると思ってるんだ、このままだと生きる価値なんてないぞ、息をしているのが恥ずかしくならないか。

連れていかれずに済んだのは、近所の人が騒ぎに驚いて様子を見にきてくれたからだった。警察に通報されそうになった引き出し屋は二人して、私を睨みながら帰っていった。母は近所の人に「お騒がせしてすみません」と謝るばかりで、私にはなにも言わなかった。

母は必ずまた引き出し屋を呼ぶ。今度はもう逃げられない——破られたドアに、その未来を見せつけられた。

その日のうちに母の財布から一万円札をありったけ抜き取り、最低限の荷物だけを持って、私は日吉に向かった。


一二月の寒空の下を、駅目指して歩く。途中で男性とすれ違う度に、いきなり怒鳴られるんじゃないかとびくびくした。前々から男性が得意ではなかったけど、ここまでひどくはなかった。引き出し屋にとどめを刺されたとしか思えない。

本数が少ないローカル線の電車を乗り継ぎ、どうにか新幹線の座席にたどり着いたときにはぐったりしていた。少し眠りたかったけれど、隣に座ったのがサラリーマン風の男性で発汗と動悸が収まらない。トイレに行くため前を通るときは、親切に脚を引っ込めてくれたのに怒鳴られるんじゃないかとこわくなった。

新横浜駅で新幹線を降りると、吹きつける風に、汗ばんだ全身が震えた。そこから横浜線と東横線に乗ること約一五分。日吉駅に着いた。改札口で慶秀大生らしい女性の一団とすれ違ったときは、私だっていまごろはあんな風になっていたかもしれない、と思って息が苦しくなった。でも放射状に広がる商店街を見た途端、自分にも楽しかった時代があったことを思い出し、子どものころの記憶を蘇らせながら歩いた。かつて住んでいた家が視界に入ったときは、「なつかしい」と口にしていた。

父が慶秀大学に勤務しているからといって、いまもこの家に住んでいるとはかぎらない。そんなことにいまさら気づいたけれど、表札には「葛葉」と書かれていた。時刻は午後六時。唾を何度も飲み込んでからインターホンを押したけれど、返事はなかった。取り出したスマホを見る。相変わらず、母からの着信はない。ドアがこわれているから、私がいなくなったことに気づいていないはずがないのに。

もうP県には戻れない。スマホを握りしめていると、足音が聞こえてきた。振り返る。

眼鏡の向こうにある優しそうな目、いまにも笑み崩れそうな口許、私に遺伝した癖の強い髪

——ああ、間違いない。

「お父さん」

あふれる涙とともに、そう口にした。足をとめた父は微かに首を傾げ、こう言った。

「どちらさまですか?」

世界から音が消えた気がした。

私が父と顔を合わせるのは、およそ一一年ぶりだ。子どものころに較べたら、ぶくぶく太った。

でも、たった一人の娘じゃないか。なのに。

「もしかして、レイナか?」

薄い氷に触れるような問いかけに頷くと、父の目は丸くなった。

「どうしてここに?　寒いから、とにかく入ろう」

その言葉に従い、家に入った。それから父が言い連ねた、暗くて顔がよく見えなかったとか、P県にいると思い込んでいたから目の前にいるのが信じられなかったとかいう話は、嘘ではなかっただろう。でもあまりに何度も繰り返すので、私だとすぐにわからなかった理由はそれだけではないと言っているようなものだった。

妄想は、所詮は妄想だった。もうこの人と、本やニュースの話はできない。それを思い知ってから、この人は私にとって父ではなく、単なる「葛葉智人」になった。

そうしないと、頭がおかしくなりそうだった。


葛葉が母と話し合い、私はそのまま日吉の家に住むことになった。二階の廊下の突き当たり、母が使っていた部屋が私にあてがわれた。葛葉からは住民票も移すよう提案されたが、拒否した。P県に戻るつもりはなかったが、ずっと葛葉と暮らす自信もなかったからだ。

日吉に来てから、食事すら、葛葉が部屋の前に運んできてくれたものを持ち込んで食べるようになり、ほとんど外に出られなくなったので、P県まで戻れるはずなかったが。しかも葛葉によると、母は私の知らないどこかに引っ越したらしい。私の住民票も一緒に手続きしてくれたらしいが、同居するつもりがあるとは思えなかった。

葛葉は、私が飛び出した事情も聞いたようだ。母の話が、私の立場を無視した一方的なものだと思ったのだろう、私にも事情を訊ねてきた。話そうと何度も思った。でもその度に「どちらさまですか？」とよそよそしく訊ねる葛葉の姿が脳裏に蘇り、唇が固まってしまった。最初のうちはドアを開けていたが、脳裏に蘇る葛葉の姿がどんどん鮮明になり、遂にはそれすらできなくなってしばらくしてから、葛葉は事情を訊ねてこなくなった。

その代わりではないだろうが、葛葉は、おいしいものを食べにいこう、とか、久しぶりに商店街を歩かないか、とかドア越しに何度も誘ってくるようになった。それらにも答えられないでいると、ひきこもり問題の専門家に相談しようと言い出した。これには答えた。

「絶対に嫌！　引き出し屋でしょ！」

引き出し屋とは違う、ちゃんとした人たちだ。葛葉はその一言を皮切りにいろいろ説明してきたが、信用できるはずもなかった。自分でも訳のわからない言葉を連呼して、追い払った。

それから、葛葉が話しかけてくることはほとんどなくなった。

葛葉に部屋の前まで来られるのが嫌なので、食事は一人のとき台所で食べたり、部屋に持ち込めるだけ持ち込んだりして済ますようになった。トイレは二階にもあるし、風呂に入るのは葛葉が家にいないとき。母と暮らしていたときと違ってコンビニにすら行けなくなり、雨戸は閉め切って換気のため窓を開けることもできない。洗濯物は部屋干し。

私は完全に、世界から孤立した。

ひきこもりの中にはＳＮＳでなら活発な人もいるらしいが、私には無理だ。不幸だと思っていた相手がいつの間にか幸せになっているのを目の当たりにする……あんな経験は、もう二度としたくなかった。

Ｐ県にいたころより、さらにひどい状態になっている。でも、部屋から出るのがこわかった。なにがこわいのか、自分でももうよくわからない。これまでの人生で経験したものすべてが混ざり合った「なにか」がこわいとしか言いようがない。

なにをして一日をすごしているのかも、よくわからない。基本はベッドに横たわっているが、葛葉に代引きで購入させた最新のスマホやパソコンでゲームをすることも、葛葉がいないときはリビングに下りて本棚から取り出した本を読むこともある。でも、どれも続けてやろうとは思わないし、自分がやったのかどうかも曖昧だった。ただ、食べる量が増えていることだけは確かだった。台所や物置代わりにしている和室に食べ物がないと苛つき、皿を割ったり、襖に穴を空けたりした。そのうちに葛葉は、食糧を大量に常備するようになった。複数のスーパーや通販を利用し、独り暮らしにしては買い込む量が多いことを悟られないようにしているようだった。

そのまま四年近くがすぎた。働けない、外に出られない自分への嫌悪感は、もはや特別ではない、性格の一部と化していた。

そんなある日、お風呂に入ろうと一階に下りると、廊下で葛葉に出くわした。いつもは大学に行っている時間だから油断していたけれど、休講かなにかだったのだろう。正面から顔を合わせるのは久しぶりだったが、葛葉の容姿は時間がとまっているのではと錯覚しそうになるほど変わっていなかった。体形もまったく崩れていない。

なんと言っていいかわからず視線を泳がせる私を、葛葉はまじまじと見つめてきた。

「……なに?」

　誰かに向けて言葉を発するのが久しぶりすぎて、錆(さ)びついた自転車のブレーキのような声しか出せない。

「いや……」

　葛葉は口ごもりつつ、私の横を通り抜けリビングに入っていった。怪訝に思いながらお風呂場に行った私は、服を脱ぐと鏡の前に立った。変わらぬ葛葉を目の当たりにした影響で自分の全身に視線を走らせると、悪寒が走った。

　弛んでいたお腹が、だらりと垂れ下がっている。大きいと言われていた胸も同様だ。どちらも、腐った果物を思わせた。顔を見ると、まるで破裂寸前の風船だった。太陽を浴びていない肌は不健康に青白く、方々に吹き出物ができている。

　もともと、自分がそんなに美人だったとは思わない。しかし、これはひどい。ルッキズムとかそういう問題ではない。内面の醜さが膿(うみ)となって染み出してきたように見える。

　なるほど。葛葉はこの私に驚いて、まじまじと見つめてしまったわけか。

　でも私は家から一歩も出られず、なにもできないのだ。そんな生活を送っていれば、こんな見た目になって当然だ。

　だいたい葛葉はどうなんだ。人をあんな目で見られるような、誇れる生活を送っているのか。

　次の日の夜。葛葉が風呂に入っている間に、スマホに盗聴アプリをインストールした。パスコードは、まだ私と顔を合わせていたころ目の前で打ち込むのを見たから予想がついていたし、セキュリティーの甘い安物の機種なので簡単だった。

昨日、風呂を上がってから、盗聴アプリの種類や性能について、ほとんど寝ないで徹底的に調べ上げた。いまインストールしたのは、スマホのマイク性能にもよるので一概には言えないが、半径五メートル程度までの音は比較的きれいに聞こえ、電話がかかってきたら自動的に通話相手の声を拾うモードに切り替わるアプリだ。盗聴のオン・オフは遠隔操作できず、スマホの電源が切れないかぎり常時動作し続けるためバッテリーの消費が激しくなるという欠点はある。ただ、葛葉はゲームの監修をした際のインタビューで「デジタルには疎い」と語っていたから、不審に思われることはないだろう。

こうして、盗聴アプリを通して葛葉の日常を聞くことが、私の唯一の日課となった。

去年の夏のことだった。

盗聴を始めてから数ヵ月後、葛葉が女性とつき合い始めた。ゼミの発表で興味を持ったらしい、朝倉玲奈という女子大生だった。前々から、葛葉が朝倉と話すときの声は、ほかの学生と話すときと違って力が抜けていた。もちろん、私と話すときの声音とも違う。

だからお気に入りであることは察していたが、風俗店勤務をしようか迷っている朝倉をとめた勢いで告白するなんて。娘より年下で、しかも娘と同じ名前の女相手に正気の沙汰とは思えなかった。朝倉が葛葉の告白を受け入れたときは、二人だけの世界に浸っていることに腹が立ち、部屋の中で暴れた。

すぐに別れるに決まってると思ったが、葛葉は本気で結婚を考えているようだった。

「朝倉さんの知性と他者へのあたたかな眼差しは、これからの社会に必要なものです」

「朝倉さんは今後、必ず広い世界に羽ばたいていく。その傍にいられることが、僕はうれしい」

「僕は朝倉さんの親御さんとたいして年齢が変わらないんですね。お義父さん、お義母さんと呼んだら驚かれるでしょうね」

葛葉が歯の浮くような台詞をほざく度に、朝倉ははにかみながらも、まんざらでもなさそうな言葉を返す。時折、唇が触れ合う音や、舌を絡ませる音がそれに交じる。

親の恋愛を盗み聞きしている気まずさもなくはなかったが、苛立ちの方がはるかに勝った。朝倉が、葛葉と本やニュースの話を楽しそうにすることが多々あったからだ。

私が葛葉とできないでいるのに、なんでお前が……っ！

五〇近いおっさんを骨抜きにしたのは、どんな女なのか。いつも囁くような声で話すのでおとなしそうだが、相当派手な見た目なのではないか。葛葉は騙されているのではないか。

悶々としていた六月のある日、朝倉が葛葉の家に行きたいと言い出した。葛葉が何度断っても、朝倉は引き下がらない。この二人はまだセックスはしていなかったが、朝倉は既成事実をつくるために、今日これから葛葉を誘惑するつもりに違いない。

葛葉とて、それはわかっているはず。二階には娘がいるから当然断ると思ったが、なんと了承した。理解できなかったが、葛葉が帰ってくる前にリビングに下りて、テレビの脇に積まれた古いCDやビデオのデッキの山と、神棚の二ヵ所に、葛葉を監視するためのカメラをしかけた。

どちらも、葛葉のスマホに盗聴アプリをインストールした後で、盗撮もすることになるかもしれないと思って手ごろな機種を見繕い、通販で購入したものだ。支払いは、スマホやパソコン同様、葛葉に代引きさせた。葛葉は段ボールを開けていないので、中身がなんだったのかは知らない。

この監視カメラは指先に載せられる小型サイズの割に性能が高く、魚眼レンズで広範囲を映せる。一度の充電で一五時間以上バッテリーがもつ上に、４Ｋ解像度なので画質もいい。撮影した動画を、Ｗｉ-Ｆｉ経由でスマホやパソコンにリアルタイムで飛ばすこともできる。

神棚の方のカメラには、あらかじめ木目模様のカッティングシートを貼っておいた。これを天井とつながる柱の脇に、ソファを見下ろす形でしかける。葛葉はソファに座るだろうから、正面と背後の両方から監視できる。

娘がいる家でセックスしたいなら、すればいい。ただ、朝倉を見てみたい欲求があった。

葛葉は、しばらくしてから朝倉を連れて帰ってきた。パソコンのディスプレイは左右に分割して、右側にデッキの山、左側に神棚にしかけた監視カメラの動画が表示されるようにしてある。

右側に、朝倉の横顔が映る。それを見た私は、息を呑んだ。

声音から想像したとおりの、おとなしそうな女だった。髪が黒く、メイクは薄くて見るからにまじめそう。とても葛葉を騙しているようには見えない。

本気で葛葉とつき合っているんだ——朝倉と同い年のころにはもう、私はひきこもっていたのに。

同じ名前なのに、どうしてこんなに違う？

予想どおり、葛葉と朝倉は窓際のソファに並んで腰を下ろした。二人の笑顔がパソコンのディスプレイに映り、楽しそうに話す声が盗聴アプリを通して聞こえる。子どものころの話題になると、朝倉は、昔、仲よくしていた友だちの写真をスマホで見せ始めた。この女がどんな人づき合いをしてきたのか、私には関係ないと思いながらも知りたくなって、神棚側の動画を拡大する。

少しぼやけたが、高解像度のおかげで朝倉のスマホを見ることができた。

朝倉が見せた写真の中には、腰まである真っ直ぐな黒髪で、スカートを穿いた高校生と思しき少女——守矢千弦の姿もあった。守矢が髪を伸ばし、スカートを穿くようになったのは、朝倉のなにげないアドバイスの影響だという。

「千弦ちゃんとは、またなにかきっかけがあれば仲よくできそう——」

「朝倉さん」

守矢千弦の話を続ける朝倉を、葛葉は真剣な声音で遮った。葛葉を見遣る朝倉の横顔が硬くなる。誘惑されるまでもなく、葛葉から迫るのか。さすがにその先まで見聞きする趣味はない。盗撮も盗聴もやめようとした矢先、葛葉は言った。

「大事な話があります。いままで言ってませんでしたが、実はこの家には——」

咄嗟に床を踏み鳴らした。葛葉と朝倉が、弾かれたように顔を上に向ける。ようやく葛葉の目的に気づいた。朝倉を連れてきたのは、私の存在を打ち明けるためだったんだ。

朝倉が上を向いたまま言う。

「いまのは……？」

「物置の箱が落ちたようです。適当に積んでるだけだから、時々あるんですよ」

葛葉は、私が自分の話をしてほしくないことを察したらしい。その後はなにを訊ねられても適当にごまかし、泊まりたがる朝倉を説得して家に帰した。

朝倉が帰ると、葛葉は二階に上がってきた。

「誰か来たと思って階段で聞き耳を立ててたんだ。私のことをしゃべりそうだったから、つい音を立てちゃったよ」

足音が私の部屋の前でとまった途端に言うと、葛葉は怪訝そうに言った。

「レイナの方から先にしゃべってくるなんて珍しいね」

「それより、誰なの、あの人？　カノジョ？」

「そうだよ」

答えはわかっていたはずなのに、私とまるで違う、まだ少女と言っても通じそうな朝倉の姿を思い出し、呼吸が乱れた。

「随分と若いみたいだけど」

「大学生だね。名前は朝倉玲奈」

「私より年下じゃないの。しかも、私と同じ名前？　そんな子のどこがいいの？」

「優しいところ」

答えるのを嫌がると思ったのに、葛葉はなんの迷いもなく言い切った。

「彼女は、僕が周りに思われているほど立派ではないし、強くもないことを見抜いてくれた。まだ学生なのに。彼女のような人は、いままでいなかった」

盗聴した、ゼミでの葛葉と朝倉の会話を思い出す。

社会で起こったことには誰もが少しでも責任を感じるべき。そう言った葛葉に、朝倉は「先生ご自身が自分の負うべき責任を軽くしようとしていると感じます」と別人がしゃべり出したように返したっけ。

なるほど。朝倉の指摘は正しかったわけか。葛葉にとって私は、一人で背負うには重すぎる責任というわけか。一〇年以上離れて暮らしていた娘がいきなり押しかけてきて、ろくに口もきかず部屋に閉じこもってしまったなら負担だろうと頭ではわかる。でも……。

「レイナ？」

「あんたたちが離婚してから、私がどうなったか聞いて」

葛葉の返事を待たず、私はどうして自分がこんな風になってしまったのか、一気に捲し立てた。誰かに話すのは初めてだった。話を進めれば進めるほど、自分が惨めになった。どこかでほんの少し違う選択肢を選んでいたのなら、こんなことにならなかったのではと何度も思った。でも誰かを恨んだわけでも、楽をしようとずるいことをしたわけでもない。なのに、どうして罰を受けるかのようになにもかもが悪い方向に転がってしまったのか、全然わからなかった。

ただ、やり直したかった。生まれ変わりたかった。

葛葉は、相槌を挟んだり、聞き取れなかったところを聞き返したりしながら話を聞いてくれた。もっと早くこうすればよかったと、話しながら何度も思った。最後に、葛葉は言った。

「よく話してくれたね」

私がずっとほしかった言葉だ――葛葉が再び「お父さん」になっていくのを感じた。鼻をすりながら、私は言った。

「私……外に出たい……普通になりたい……」

「わかった。僕もできるだけのことはする」

「だったら……朝倉玲奈と、別れて……ううん、私が普通になるまで会わないだけでいい……あの子が傍にいたら……自分と較べちゃう……」

「すまないが、それはできない」

え、とかすれ声しか出せない私に、葛葉は続ける。

「僕は彼女を支えると約束したし、僕自身、彼女がいなくてはもう生きていけない。レイナのことは大切だけど、僕自身の幸せも大切にしたい」

その後で葛葉は、朝倉さんがいてくれた方が僕もレイナのために力を発揮できる、朝倉さんも力を貸してくれる、などと御託(ごたく)を並べ立てたが、少しも頭に入ってこなかった。

やっぱりこの人は、「お父さん」じゃない。

この人にだって、自分の幸せを追求する権利がある。

私が一〇歳のときから傍にいなかった分、「お父さん」でいる時間を増やすべきだ。

いい年した大人が、なにを言ってるんだ。

相反する思考が同時多発的に浮かび、頭が割れそうになった。今日はもうしゃべりすぎて疲れたと言うと、葛葉はこう言い残して一階に下りていった。

「わかった。落ち着いたら話し合おう」

話し合ったところで意味があるんだろうかと思ったが、しばらくしてぞくりとした。

母も「話し合おう」と言った。私は少し待ってほしいと答えたのに、次の日、引き出し屋を連れてきた。

葛葉も、同じことをするのではないか。

ドアを破られた日の記憶が、まざまざと蘇る。きっと都会の引き出し屋は、P県の比ではない。

狡猾に強引に確実に、私を引きずり出す。施設にぶち込まれたら、私みたいな女は殺される。

全身がぶるぶる震え、意味を成さないひきつった声を出しているうちに、異臭が鼻孔をついた。においの発生源は、下半身だった。目を向ける。ジャージーの股間が濡れている。

おしっこを漏らしたんだと認識したとき、自分の中でなにかが砕ける音がした。

普通になりたいなんて、おこがましかった。私はもう、この部屋から出られない……いや、出ない方がいい。こんな人間、外に出たって邪魔になるだけだ。死ぬ勇気もないから、このままこの部屋の中で心臓が動かなくなるまで日常を繰り返す、それしかない。

そのためには、朝倉が邪魔だ。あの女がいなくなれば、葛葉は自分の幸せを求めたりしない。もとに戻って、これまでどおり私を養ってくれる。

だから朝倉を殺さないと。私と同じ名前なのに、私から奪うように幸せを享受しているんだ。殺されても文句は言えないだろう。あ、殺されたら文句は言えないか。

奇妙な笑い声が漏れ出る。

ひきこもりは犯罪者予備軍ではない。長年、ひきこもっていた私が言うのだから間違いない。だから朝倉を殺すことにした私は、もうひきこもりではない。ほかのひきこもりと違って、外に出たいとも、働きたいとも、親に申し訳ないとも思わなくなっているのだし。

世間から見れば私はひきこもりのままなのだろうが、特殊な生き物に変異したのだ。

一方で、本当に特殊なのだろうかとも思う。私と同じようにやることなすことすべてが裏目に出て、周りに誰もいなくなり、落ちるところまで落ちたと思ってもさらに落ちて落ちて落ちまくれば、殺人に走るしかないところまで追い詰められる人だっているのではないか。もちろん、そうはならず希望を持ち続けられる人もいるだろう。

その違いがどこにあるのか、私にはわからない。

わかるのは、私が希望を持てない側の人間だということ。

理性的に考えられたのはここまでで、あとは朝倉を殺すことしか考えられなくなった。もちろん、殺すだけではだめだ。

絶対に、捕まらないようにしないと。


いつまでも設置していては見つかってしまうので、監視カメラは葛葉が風呂に入っている間に回収した。翌朝、一晩悩んだふりをして、「ひとまず自力で仕事や、相談できる団体をさがす。今年一杯時間がほしい。それまでは、朝倉さんに私のことを内緒にしてほしい」と言った。葛葉は迷っていたが、年内と期限を切ったのがよかったのだろう。最後には了承して、「なにかできることがあったら言ってくれ」という言葉までかけてくれた。私が朝倉を殺そうとしているとも知らずに。そのことにまったく後ろめたさを覚えず、逆に心の底からざまあみろと思ってしまうのだから、私も随分こわれたものだ。

朝倉を殺すため最初に始めたのは、生活リズムを正すことだった。ひきこもり生活は、昼夜逆転する傾向がある。私の場合は雨戸を閉め切っているし、時計もろくに見ないので朝と夜のいつ起きているのかよくわからなくなっていたが、規則正しい生活を送った方が頭の回転が速くなるに決まってる。

それから朝倉と葛葉の会話を録音し、朝倉の行動パターンを把握することに努めた。同時並行で、タウン誌の社員時代に得た知識を総動員して「みんなの防犯カメラ．ｃｏｍ」というサイトを突貫でつくり上げた。「権力者からプライバシーを守る」というお題目を掲げ、地域の防犯カメラをユーザーに投稿させるサイトだ。日吉近辺の情報だけあればよいので、対象エリアは首都圏限定にした。これで防犯カメラに映らず朝倉を殺せる場所を見つけられる。

こんなサイト、デジタルに疎い葛葉はつくれないだろう。それを思うと「私の方がすごい」という呟きが何度も口を衝いて出た。

葛葉との会話を盗聴し続け、朝倉が大学から帰る時間や、バイトを入れている曜日に関しては割と簡単に把握できた。だが、この家近辺の防犯カメラに関する投稿はなかなか来なかった。ほかの場所の投稿は、たくさん集まっているのに。慶秀大生がうろうろしているから、すぐに集まると踏んだのに。焦ったが、ほかの場所で殺すことは考えなかった。遠くに行けば行くほど目撃されるリスクが高くなるし、そもそも、自分が遠出できるとは思えないからだ。

約束の「今年一杯」が迫りつつある一〇月、遂にこの家近辺の投稿が来た。うれしくて、部屋の中で雄叫(おたけ)びを上げて跳ね回った。

投稿と朝倉の行動パターンを踏まえ、一〇月二三日土曜日、日吉第一公園近くの小道で殺すことに決めた。

二三日の夜。自室にこもる葛葉に気づかれないように、裏口からそっと外に出た。久しぶりすぎる外出に足が竦んだが、ちょっと殺しにいくだけだと自分に言い聞かせた。目的地までの防犯カメラの位置だって、完璧に把握している。人や車の通りが少ない裏道を使うので、目撃されるリスクも小さい。

小道に到着した私は、木陰に身を潜めた。そのときになって、夜とはこんなに暗いものだったのかといまさらながら気づいた。いつもは雨戸を閉め切った部屋にいて、太陽の眩しさも月の輝きも目にしていないから。

朝倉は土曜の夜は、一〇時ころこの道を通るはず。なのに三〇分近く経っても現れず、さすがに日を改めるべきかと思った矢先、その姿が視界に飛び込んできた。

朝倉は、誰かがいるなどとは想像もしていないような足取りで、私の目の前を通りすぎていく。

その瞬間、木陰から飛び出て背後に真っ直ぐ立ち、朝倉の背中にナイフを突き刺した。

このナイフは、葛葉の目を盗んで物置から持ち出したものだ。長年使われていないので、葛葉はなくなったことにすら気づくまい。

朝倉は全身をびくりとのけ反らせると、ゆっくり背後を振り返った。ただでさえ大きな双眸をさらに大きくし、眼前にある顔をまじまじと見つめる。私の方が体重ははるかに重たいが、身長はたいして変わらないことにこのとき初めて気づいた。葛葉は背が高いから、朝倉はいつも見上げるように話していたに違いない。

「どうして……あ、葛葉先せ、い……お、お……こ……」

唇をわななかせなにか言おうとした朝倉だったが、言葉にならない。それでも最後の力を振り絞るようにして、こう呟いた。

「ご——ごめんなさい」

直後、両膝をついてうつ伏せに倒れると、そのままぴくりとも動かなくなった。

朝倉が自分のしたことを――私の平穏を脅（おびや）かしたことを理解していたはずがない。とりあえず謝れば許してもらえるとでも思ったのだろう。甘やかされて育った女に特有の思考だ。

計画どおり、朝倉のスマホを金槌で破壊し、バッグに入れた。デジタルに疎い葛葉なら、スマホの扱いにここまで気を遣わなかっただろう。やはり、私の方がすごい。

見落としたものはないか、立ち去る前にスマホのライトで足許を照らしていると、朝倉の首に巻かれたネックレスが目に留まった。はずすのは手間だ。人通りが少ないとはいえ、誰かが来るかもしれないから、すぐに逃げ去るべき。

でもこのネックレスは、私が選んだものだ。

今年の三月だったか、葛葉が台所のテーブルに、アクセサリーのパンフレットを広げたまま出かけたことがあった。覗いてみると、若い女性向けのものが並んでいる。ネックレスを買おうとしているらしく、ページの端を折ったり、鉛筆で丸をつけたりしていた。

朝倉にプレゼントを贈ろうとしていたのだと、いまならわかる。だが、そのときは私になにか買ってくれるつもりなのだと思い込み、久しぶりに頬が緩んだ。ちょっと図々（ずうずう）しいかと思ったが、一番センスがよく、それなりの値が張るネックレスに赤ペンで丸をつけた。

その数日後、葛葉に「ネックレスに丸をつけてくれてありがとう。参考にしたよ」とドア越しに言われて勘違いに気づいた。葛葉はなんの参考にしたのか言おうとしたが、聞きたくないので追い返した。自分の滑稽さに地団駄を踏みそうになる一方で、心がぽかぽかしてもいた。

ありがとう、と誰かに言われたことが、タウン誌をつくっていたとき以来だったからだろう。

――そんなことを思い出しながら、しばらく考えた。このネックレスは量産品だから、残しておいても警察が葛葉と結びつけることはない。つまり、私が疑われることもない。

それでも、ネックレスをはずして持ち帰った。

帰り道は、鼓動が加速し続けた。そのくせ人目を避けて裏口から家に入ったときは、誰かに「お帰りなさい」と最後に言われたのはいつだろうという感傷が込み上げてきた。さすがに真っ当な精神状態ではなかったということか。

しかしその後の心は、驚くほど安らかだった。もう朝倉に平穏を乱されることはないのだから。

朝倉の死体が見つかった翌日の葛葉の様子は、事前にリビングにしかけた監視カメラで見ていた。ソファに座ったままタブレットPCで三時間近くさまざまなニュースサイトを閲覧し続けていて、いかにショックを受けているかがわかり、自業自得だと思った。

研究室に警察が訪ねてきたから、葛葉も捜査対象になっているのかもしれないとは思った。だが決め手に欠けているようだし、私に至っては存在すら認識されていないのだから、捜査線上に浮かびようがない。なんの憂いもなかった——守矢千弦の存在を除けば。


朝倉を殺した二日後。葛葉の研究室を訪ねてきた守矢の声を盗聴しているうちに、腰まである長い黒髪と、スカートから伸びるニーソックスに包まれた細い脚が自然と思い浮かんだ。顔も見たことがないはずなのになぜ？　戸惑ったが、朝倉が家に来た日、「この子は守矢千弦」と葛葉に見せていた写真を思い出した。いま葛葉の前にいるのは、あのときの女か。

つり気味の双眸から放たれる目力が強すぎてわかりづらいが、整った顔立ちをしていたっけ。

そのこともうらやましかったが、それ以上に、まるでない胸をうらやましく思ったのだった。

高校生であれなら、大学生になったいまもたいして変わるまい。私は子どものころから胸が大きいせいで、何度も嫌な思いをしてきた。守矢くらいのサイズなら、いくつかの経験は避けられた――少なくとも二人目の父に、あんな目で見られることはなかった。そうしたら私の運命は、大きく変わっていたのに。

いいなあ、胸のない女は。いい。本当にいい……。

記憶だけではない、あのとき守矢に抱いた感情も蘇ったが、守矢が葛葉に呼びかける声で我に返った。

以降、盗聴アプリで葛葉と守矢の会話を聞いている間、私は髪が長くてスカートを穿いた、胸のない女を思い浮かべていた。朝倉がこの家に来て葛葉に守矢の写真を見せたとき、自分のアドバイスで髪を伸ばし、スカートを穿くようになったと言っていたから、大学生になったいまも変わってないと当たり前のように思っていた。

最初に守矢が「玲奈」と言ったとき、葛葉は驚いて声を上げてしまった。そのせいで守矢は、葛葉を疑い始めた。葛葉が朝倉のことを「下の名前で呼んでいるのかと思った」という推理は、的はずれも甚だしい。葛葉は、私の話を持ち出されたと思って動揺しただけだろうに。

とはいえ、厄介なことになった。守矢は愚かではなさそうだ。葛葉のことを嗅ぎ回れば、私に気づくかもしれない。そう思っていただけに、葛葉がちょっといたわっただけで疑いを薄めたときは笑った。男にちやほやされて育ってきただろう小娘など、あんなものだと思った。

葛葉は朝倉になにもしていないのだから、疑うのをやめて当然ではあるのだが。

なにはともあれ、これで安心……と思ったのに、その二日後、守矢は朝倉との関係を突きとめ、また葛葉を疑い始めた。葛葉が事件後すぐ、おそらくは善意から学部長に朝倉との関係を伝えていたと知った後も、もう少し調べ続けると言ってきた。守矢が葛葉とエレベーターに乗っている一分にも満たない間に、妄想の中で何度長い黒髪で首を絞め、スカートから伸びる細い脚をへし折ってやったかわからない。

朝倉のように殺してやりたかった。しかし葛葉を疑う守矢が殺されたら、今度は警察が葛葉を疑う。私の存在を知られるおそれも出てくる。せっかく警察の捜査線上に浮かんでいないのに、もったいなすぎる。

だとしたら、やるべきことは守矢があきらめるまで待つことしかない。

そう思っていたら、葛葉がオレンジバースの社長に電話して、週明けから守矢がインターンに行くことになった。なぜ葛葉がこんなことを？　わからなかったが、大方、守矢が鬱陶しかったのだろう。

翌日、学食で葛葉と話す守矢が悔しがっていることは、声だけでもわかった。しかしインターンが始まるまでの残り三日、ぎりぎりまであきらめるつもりはないという。

なぜ、さっさとあきらめない⁉

深夜になっても苛立ちが収まらずにいる最中（さなか）、土用下報子が訪ねてきて、その守矢が襲われたと教えられた。

守矢を襲ったのが相模だと察してからは、なんとか朝倉殺しの罪を着せられないかと頭を捻った。私は、部屋から出ることすらやっとなのだ。朝倉を殺したときのように準備に時間をかけられるならまだしも、できることはかぎられている。うまく策がまとまらないでいるうちに、葛葉が守矢に、襲撃者を一緒にさがそうと持ちかけた。守矢がすぐにはなんの反応もできなかったのは、葛葉がなにを思ってこんな提案をしてきたのか見当もつかなかったからに違いない。

とはいえ、見当もつかないのは私も同じだった。朝倉が死んだから、今度は守矢を狙っているのか？　葛葉がそこまで節操のない男だとは思えないが……。

答えを出せないでいるうちに、守矢がこの家に来たいと言い出した。狙いは、すぐにわかった。家の中を調べるため、なにかするつもりに違いない。葛葉が渋々ながら守矢の申し出を了承すると、私は朝倉が来た日と同じように、リビングに監視カメラを二つしかけた。

守矢が家のすぐ外まで来たときは全身を流れる血液が沸騰するような感覚を覚えて殺したくなり、あの薄い胸を朝倉のように刺したい誘惑に駆られたが、必死に抗(あらが)った。朝倉が次にこの家に来たとき、こっそり殺せないかと考えたこともあった。死体をばらばらにして押し入れに隠せば、ばれないのではないかと思ったのだ。

しかし調べたところ、人間をばらばらにするのは難しいらしい。仮にそれができても、腐敗したらにおいが凄(すさ)まじいと知って断念したのだ。

近所の住人はともかく、同居している葛葉が気づかないはずがなかった。

リビングに入ってきた守矢の姿が、監視カメラを通してパソコンのディスプレイに映る。その姿を見た私は、すぐ階下にこの女がいることがわかっていながら声を上げそうになった。

胸がないことは思ったとおりだが、髪形は腰まであるロングヘアーではなく、少年のようなべリーショート。穿いているのはスカートではなく、細身のパンツ。朝倉がスマホに表示させた写真とまるで違っていたからだ。

そうか。守矢は朝倉のアドバイスを忘れ、髪を短くして、パンツを穿くようになったのか。だから葛葉が、仲よしなんですね、と言ったとき、朝倉は口ごもっていたのか。幼なじみのアドバイスに一度は従っておきながら、ないがしろにするなんて。そんな幼なじみがいない私には、とても信じられない。

守矢への苛立ちが、頂点に達した瞬間だった。

その後、葛葉が電話している間に、守矢はリビングを出た。階段の踊り場からこっそり覗くと、和室の窓の鍵を開けていた。後で、あそこから侵入するつもりか。踏面（ふみづら）を軋ませ音を立ててしまい、守矢がこちらを振り向きひやりとしたが、最後まで見つかることはなかった。メールで守矢がしたことを伝えると、葛葉はこれみよがしに窓の鍵を閉めた。守矢は、自分の企みをいつの間にか葛葉に見抜かれたと思って、さぞ驚き、悔しかったに違いない。

渋谷のレストランで守矢と交わした会話を盗聴しても、葛葉が一緒に襲撃者をさがそうと持ちかけた目的はわからなかった。会話の雰囲気から、どうも守矢を狙っているわけではなさそうだ。結局わからずじまいだったが、いまとなっては些細なことだ。

だって相模が、守矢を襲ったことを認めた末に葛葉の言葉に動揺して逃げ出し、車に撥ねられてくれたのだから。「身勝手な嫉みで守矢を襲った犯罪者なら、朝倉を殺して当然」というスティグマを刻み込めば心が折れるかもしれないと思っていたが、葛葉が勝手に刻んでくれるとは！

甘ったれた相模には、お似合いの末路だった。

先ほどまたこの家に来た守矢は、相模は朝倉殺しの犯人ではなかったと言っていたが、警察は本気にするまい。明日からオレンジバースのインターンでいなくなるし、今度こそ私は完全に安全。ただ、守矢みたいな調子に乗っている上に薄情な小娘が幸せになるなんて、世の中はおかしい。あまりに理不尽で、今夜は眠れそうにない。

そう思って暴れていたところに、葛葉が守矢を連れて、私の部屋に来たのだった。

六章

葛葉先生が小野田レイナを警察に連れていった次の日、一一月一日。

朝から港北警察署に呼び出されたわたしは、昨日に続いて同じ部屋で菱田さんと向かい合って座っていた。この人とここでこうやって話をするのも、これが最後だ。菱田さんは既に捜査からはずされた身だけれど、わたしが「菱田さんの方が話しやすい」とお願いして来てもらった。

今日の夕方から始まる予定だったオレンジバースのインターンは、状況が状況だけに延期してもらえることになった。葛葉先生からも、社長に電話で話をしてくれたらしい。

「警察としては、君に感謝してはいる。だが、どうして小野田レイナの存在に気づいたのか、彼女と顔を合わせるまでの経緯を説明してほしい」

相変わらず仏頂面なので、本当に感謝されているのかわからない。そういう人だということは、この一週間で充分わかったけれど。

「きっかけは、葛葉先生と元奥さんの温度差でした。葛葉先生は玲奈との結婚について、別れた妻にもちゃんと話をしなくては、と言っていました。でも元奥さんは、離婚してから先生と顔を合わせてなくて、話すことはないと言ってたんですよね。離婚したのは随分前ですから、元奥さんの反応は自然です。そんな相手にどうして葛葉先生は、玲奈との結婚のことを話すつもりだったのか。この話題を出したとき、先生は慌てて話を変えようとしたみたいでしたし、なにか事情があるのかもしれない。そう考えたとき、先生に娘が一人いたことを思い出したんです」

二三歳のときに大学の同級生と授かり婚をして一女に恵まれるも、三三歳のとき離婚。それが葛葉先生の経歴だ。

「このことから、あの家には先生の娘がひきこもっていて、結婚したらどうするかを元奥さんと話し合わなくてはいけないのではと閃きました」

「発想が飛躍しすぎている気がしますが」

「すみません。順番に説明しないといけませんよね」

当惑する菱田さんに小さく頭を下げ、先生の家に行って、後から忍び込もうと窓の鍵を開けたときの話をする。

「不法侵入を目論んだ話を、刑事相手に堂々と話すとは……」

「未遂でしたから」

そういう問題でないことは承知で、さらりと流して続ける。

「和室をそっと歩いているとき、後ろから音が聞こえたり、視線を感じたりしたんです。振り返っても誰もいなかったから、音は家鳴り、視線は気のせいだと思ったけど、先生以外の誰かがいた可能性に気づきました。この『誰か』がわたしを見ていて、窓の鍵を開けたことを先生にメールで教えたのかもしれない。あのとき先生は、仕事のメールだと言ってスマホをいじってましたが、本当は仕事ではなく、『誰か』からのメールだったのかもしれない。

和室にあった、カップ麺の段ボール箱も引っかかりました。葛葉先生は渋谷のアジア料理店で、麺類はあまり好きではないと言っていましたから。こうやって考えると、『誰か』がいるという発想はそれほど飛躍してもいないでしょう」

「それがなぜ、ひきこもりの娘だと？」

「先生が『誰か』の存在を隠しているからです。それに初めて研究室に行ったとき、わたしが玲奈の名前を出したら、先生は驚いてました。先生の娘の名前も『レイナ』で、わたしがその人の話をしに来たと誤解したのだとしたら？　娘と同じ名前だから、結婚まで考えていたのに玲奈のことを『朝倉さん』と呼んでいたとしたら？　その仮説と、何年も会っていない奥さんに玲奈のことを話そうとしていたことから、『誰か』が娘で、家から出られず、先生が人に相談もできず、他人に知られないようにしているという結論にたどり着きました」

「なるほど。守矢さんは、先生が独り暮らしだと思い込んでいたんだから、家に行ったとき娘の存在に気づかなかったのも無理はありませんね」

「――――っ」

反射的に唇を噛みしめてしまったが、菱田さんは気づかなかったようだ。密かにほっとしつつ、話を進める。

「小野田さんは、先生のスマホに盗聴アプリをしかけていました。先生はスマホのバッテリーの減りが異様に速いと言っていましたが、それが原因だったんです。デジタルに疎いので、わたしが指摘するまで気づいていませんでしたが」

盗聴によって先生と玲奈の関係を把握した小野田さんは、焦りました。先生が玲奈と結婚するなら、自分のことも話すつもりに違いない。そうなったら、いままでと同じ暮らしはできなくなる。そう思ったから、玲奈を――」

殺したんです、という一言は口にできなかった。

「小野田さんはほぼ家を出なかったから、近隣の人を含め、誰も存在に気づいてませんでした。そんな中、玲奈だけは、先生がなにかを抱えていることを察していたんです。それでも先生は、小野田さんのことを話せなかった。玲奈は玲奈で、話してくれないことがもどかしかったんだと思います。だからなにかあるかさぐるために、一度、押しかけるように先生の家に行った」

先生とつき合っていることを隠そうとしていたのに家に行って、しかも泊まりたがるなんて矛盾していると思ったけれど、玲奈の行動にはちゃんと理由があったのだ。

「その後も先生は小野田さんのことを話さないままでしたが、玲奈は薄々察して、なんとかしようとしていたのだと思います。根拠は、玲奈が事件の日、様子がおかしかったことです。

玲奈はこの前日、葛葉先生と研究室でデートしたそうです。いつもどおり本やニュースの話をしただけでしたが、あまりにいつもどおりで、先生が小野田さんのことをこの先も話してくれる気配がまるでなくて、焦ったのではないでしょうか」

「それで思い詰めて、君に相談したいとLINEを送ってきたわけか」

「そうかもしれません。でも……もっと高い可能性が、あります」

自分で切り出しておきながら、唾を何度か飲み込まないと、口が渇いて続けられない。

「事件の前夜、玲奈はネットでひきこもりの支援に役立つ情報はないか検索して、『ワンタッチ』というアプリに関するわたしのインタビュー記事にたどり着いたのだと思います。先々週の水曜日にアップされたばかりの記事です。『ワンタッチ』は、家庭で悩んでいることを選ぶと、適切な対応をしてくれる相談窓口が表示されるアプリ。この開発にかかわったわたしなら、ひきこもりという家庭での悩みに対応できる窓口について、アプリで調べるより詳しいことを教えてくれるかもしれない。玲奈はそう考えたけれど、気軽に他人に相談できないタイプだから次の日まで迷って、夜になってようやくわたしにＬＩＮＥを送ってきた。つまり玲奈は、小野田さんのことをわたしに話すつもりはなかった」

証明はできないけれど、そうに違いないと確信していた。

玲奈が相談したかったことについて、わたしはずっと的はずれなことを考えていた。先生との恋愛に関するトラブルではなかったし、「わたしにはどうしようもないこと」を相談したかったわけでもない。

おばさんが言っていたとおり、ひきこもりの相談窓口に関する情報を教えてほしいという、わたしにそれほど負担にならないことを相談しようとしていたんだ。

玲奈は結局、宮崎に行く前に抱き合ったときと同じく、なにかあっても話してくれない子のままだった。その原因は――。

「そこまであれこれ考えなくても、君を頼ろうとしたとすなおに思っていいのでは……大丈夫ですか？　顔が赤いよ？」

首を縦に動かし、言葉を継ぐ。

「玲奈がわたしにＬＩＮＥを送ったあの夜、小野田さんは小道で待ち伏せして、犯行に及びました。葛葉先生は自分の部屋にこもっていて、小野田さんが家を出たことに気づかなかったそうです。隣人がトイレの電気がつくところを見ていますが、あれは先生が普通につけただけで、トリックでもなんでもなかった。

ただ、先生は、小野田さんの犯行だと薄々察していたそうです。でも確かめるのがこわくて、とにかく小野田さんが家にいることを秘密にするため、先生を疑うわたしを遠ざけようとした。それでますますわたしの目には、先生が怪しく見えたんです」

「先生は薄々察していたとしても、君は？　ひきこもりの子どもがいたとしても、それが殺人犯だと考えるのは乱暴すぎる。なにを根拠に、先生の家に乗り込んだんです？」

「玲奈のネックレスです。なぜ犯人は、ネックレスを持ち去ったのか？　それについて考えているうちに、気づいたことがあります」

渋谷のアジア料理店に行ったとき、葛葉先生はセンスに自信がないと言っていた。でも玲奈に送ったネックレスについては、お洒落なものを選んだと自信を持っていた。誰かのアドバイスで選んだネックレスだから、自信があったのだとしたら。

その誰かが年ごろの女性――ひきこもっている娘だとしたら。

どういう経緯でひきこもりになったのかはわからないけれど、ネックレスは娘にとって貴重な、自分が「なにかをした」証。だから現場から持ち去ったのなら、証拠になることは承知していても捨てずに所持しているはず。そう推理したことを話すと、菱田さんは渋い顔をした。

「よくわかった。だが、娘――小野田レイナが逆上して、君はまた危険な目に遭うかもしれなかったんだ。なのに、先生の家に自首させるために乗り込んだのはいただけない。私が同じことを恭志郎にしようとして、失敗したのを目の当たりにしているのだから余計にです」

菱田さんの言葉に誘（いざな）われるように、昨夜の記憶が蘇る。

＊

午後一〇時すぎ。今日は台所に通されたわたしは、ダイニングテーブルを挟んで先生と向かい合っていた。先生には事前に、〈これからうかがって詳しくお話しさせていただきたいのですが、娘さんがいるんですよね。スマホに盗聴アプリが仕込まれているかもしれないから、電源を切ってください。もしかしたら、部屋に監視カメラもあるかも。さがしてみてください〉というメッセージを送っておいた。

「娘の存在に気づくとしたら、守矢さんだと思ってましたよ。僕は朝倉さんになにもしていないから、警察の疑いはそのうち晴れる。捜査が膠着状態に陥れば、土用下さんも別の取材に移る。でも守矢さんだけは、朝倉さんのことを思って納得するまで僕のことを調べ続ける。だからオレンジバースのインターンを入れて、追い払おうとしたんです」

先生は、息をついてから続ける。

「なぜ、娘に気づいたんです？　スマホに盗聴アプリがしかけられていると思った理由は？　監視カメラは、少なくともいまはしかけられていないようですが」

自分が組み立てた推論を伝えると、先生は「さすがですね」と言いながら力の抜けた拍手をして、娘——小野田レイナさんから聞かされたという彼女の半生を語ってくれた。話を聞いているうちに、気がつけばわたしは奥歯を嚙みしめ二階を見上げていた。

玲奈が相談があるとＬＩＮＥを送ってきたこと、先生がもう一人の住人の存在を隠していること、現場からネックレスが持ち去られたこと。それらから犯人の正体には察しがついたが、ひきこもっていることが殺人の動機になるとは思えないので確信は持てないでいた。

でも、そんな人生を歩んできたのなら。もしかして、いまの生活を死に物狂いで守ろうと——。

微かではあるが、二階から吐き捨てるような声と、なにかをたたくか蹴るかする音が聞こえてくる。慣れているのか、先生はそのことは気にもせずわたしに言う。

「守矢さんの考えによれば、レイナの部屋には朝倉さんのネックレスがある。それが見つかれば、犯人である決定的な証拠になるわけですね」

「はい。それを持って、小野田さんを自首させてください。そのために来たんです」

「警察に突き出さなくていいんですか」

「先生も小野田さんも、何年も辛い思いをしてきたでしょうから」

硬い声で返すと、先生は椅子の背に身体を預けた。

「潮時のようです。結局、僕は娘になにもできませんでした」

相手の心に土足で踏み込むのは得意なくせにね、という独り言のような呟きが挟まれる。

「誰かに相談しようにも、こんなことを打ち明けられる友人はいない。専門家に頼ることも考えましたが、なまじ顔と名前を知られているから、どうしても抵抗がありました。あの子は引き出し屋のせいでこの家に逃げてきたから、専門家のことを『引き出し屋とは違う、ちゃんとした人たち』と説明してもパニックになりましたしね。こんな自分に世の中のことをあれこれ言う資格はないと思って、テレビに出るのをやめたんです。事件の後も、あの子が犯人か確かめられず、そのくせ、存在を世間から隠そうとしてしまいました」

「松井先生に玲奈との関係を話したのは、どうしてです?」

「松井先生なら、僕が警察に話すのをとめるだろうと踏んだんです。これでいざ警察に知られても、怪しまれないで済む。警察が僕と朝倉さんの関係を突きとめるまでの間に、娘以外の誰かが犯人として捕まることを期待していました」

先生は、先ほどよりも大きな息をついた。

「娘の存在を隠すだけなら、まだいい。でも僕は、相模くんが犯人だと決めつけてしまった。彼があんな目に遭ったのは、僕の責任です」

「そんなことはないでしょう」

「ありますよ。オレンジバースの社長に頼んでインターンの話を進めたのは、先ほど言ったとおり、守矢さんを追い払うことが目的ではありました。でも、早く働いた方が君のためになると思ったことも本当なんです。土用下さんから守矢さんが襲われた話を聞いたときは、襲撃者に怒りを覚えて、一刻も早く捕まえたいと本気で思いましたよ。ちなみに守矢さんが襲われた夜も、娘は二階で苛立っている様子でした。だから、守矢さんを襲ったのが娘でないことは確実。安心して義憤に駆られることができました。

一方で、こんな風に思っていたんです。守矢さんを襲うような奴(やつ)なら、朝倉さんも殺しているに違いない。証拠を捏造(ねつぞう)してでも警察に突き出すべきだ、と。正確には、そう思いたかったんでしょうね。最愛の人を娘が殺したという、僕にとっては最悪の結末を回避するために」

先生がわたしに襲撃者を捕まえようと持ちかけてきた目的は、これだったのか。渋谷のアジア料理店で、わたしが襲撃者は女性かもしれないと言ったときに「男性的のような」などと非論理的なことを口にしたのは、娘の存在に結びつけられることを防ぐため。

「守矢さんから風俗街で尾行された話を聞いたとき、『女性にしては体格がよかった』『朝倉さんの知り合いか訊ねたら逃げ出した』という二点から、女装した相模くんの線もあると思いました。うまく隠してますが、彼は周囲に鬱屈した感情を抱いてましたからね。守矢さんに対しては、特にそれが顕著だった。学費を稼ぐため風俗で働いていることが原因というのはありえると思いつつ、『朝倉さんが風俗店の面接に行った帰り、守矢さんの話に出たのと似た女性に尾行された』と嘘をつきました。そうすれば守矢さんは、もっと必死に考えて、尾行者が相模くんだと気づいてくれるでしょうから」

「わたしは見事に、先生の掌の上で転がされたわけですね」

先生は悪びれることなく「はい」と頷いた。

「予想が当たり、相模くんが襲撃者だとわかったときは残念でしたが、心を鬼にして朝倉さんを殺したことも認めさせようとしました。ただ、あんなことになるとは思わなかったんです。

相模くんの研究テーマは『現代社会のスティグマ』。勧めたのは僕です。彼自身が、なんらかのスティグマ——そのときはわかりませんでしたが、風俗店勤務によるスティグマだったようですね——に苦しんでいると見抜いたことが理由でした。だから言い方に気をつけるべきだったのに、あのときは無理だった。しかも車に撥ねられた彼を見て安堵して、つい笑ってしまった。これで余計なことをしゃべられずに済んで、娘が警察の捜査線上に浮かぶことはないと思って」

その後で我に返った先生には、どんな感情が湧き上がったのだろう。

「振り返ると、僕は本音ではずっと、娘が犯人だと思っていたようです。でも、まだわかりません。ネックレスなんてないかもしれない。二階に行ってみます。守矢さんも、どうぞご一緒に」

「一体なんの用で――」

荒々しくドアを開けた小野田さんの言葉は、途中でとまった。わたしがここにいることに、完全に意表を衝かれたようだ。

小野田さんは、玲奈と同じくらい背が低かった。でも全身は丸々と太っていて、体重がどれだけあるかわからない。単にひきこもっているだけでは、ここまでにはならない。意識して暴飲暴食を繰り返した結果か。

広くない部屋の中は、ベッドやテーブル、テレビ、クローゼットなどが整然と置かれ、きれいに片づけられていた。雨戸を閉めっぱなしにしているせいか空気がこもっていることを除けば、清潔な部屋だ。ゴミだらけの部屋で日がな一日ゲームをしているというひきこもり像はメディアのつくり出した虚像だとつくづく思った。

小野田さんは、何年もこの場所だけで暮らしてきたんだ。それを思うと、胸の中に名前のつけられない感情がいくつも湧き上がる。とにかく目を逸らしてはいけないと思って視線を固定させていると、小野田さんは吐き捨てた。

「なに睨んでるんだよ」

「睨んでいるわけでは……」

「睨んでるじゃないか、守矢千弦！」

初対面なのに、わたしのことを知っている。思ったとおり、先生のスマホに盗聴アプリをしかけていたんだ。昨日わたしがこの家に来たときは、監視カメラで観ていたのかもしれない。

「なんでお前がここにいるんだ？　私をばかにしに来たのか？　早く失せろよ、消えろよ、なんならいますぐここで死ねよ。髪が長かったら、それで首を絞めてやったのに。幼なじみのアドバイスを忘れて短くしたんだろう。冷たい女だよな」

小野田さんは、わたしの髪が長いと思い込んでいたらしい。先生は覚えていないようだが、玲奈が昔のわたしの写真を見せたことがあって、小野田さんはそれを盗み見ていたのかもしれない。

確かにわたしは玲奈のアドバイスに従って、小三のときから髪を伸ばし、スカートを穿くようになった。でもいつの間にか忘れてしまって、高校生になってしばらくすると、楽だから髪はベリーショートに、スカートより動きやすいからパンツを穿くようになった。そのことを伝えていなかったから、大学に入って学食で再会したとき、玲奈はすぐにはわたしだとわからず、何度も目をぱちぱちさせていた。後で気づいてちょっと申し訳なく思ったけれど、いまさら髪を伸ばしたり、スカートを穿いたりする気にはなれなかった。

マフラーを巻いていないと、冷たい風が後ろから吹きつけてきたとき首筋が寒くなって、長い髪が恋しくなるけれど。

スカートが恋しくなったことはあまりない。風俗街で相模くんを追いかけたときはパンツだったから、いざとなったら蹴り飛ばしてやると思った。相模くんにスタンガンを喰らわされ倒れたときもスカートじゃないから、下着を見られる心配をしないで済んだ。

もし昔のように髪を長くして、スカートを穿いていたら、ＡＡランドの大城さんも少年っぽく見えるとは言わなかっただろう。玲奈のお母さんに「別人みたいになった」、伊織ちゃんに「雰囲気が全然違う」などと言われることもなかったはず。

「お前みたいな小娘なんてな――」

小野田さんは、わたしに罵詈雑言をぶつけ続ける。差別的なスラングも、男を弄んでるとかひきこもりを見下しているとか、身に覚えのない言葉もあった。そのどれにもまったく心が傷つかないのは、いい年をした小野田さんが、駄々をこねる子どもにしか見えないからか。

小野田さんの勢いに唖然（あぜん）としていた葛葉先生だったが、我に返ると言った。

「部屋の中を調べさせてもらう。朝倉さんのネックレスがあるかもしれないからね」

「それで来たのか。そうだよな、ほかに用事なんてないものな。でも、うれしいよ」

予想外の一言だった。葛葉先生が、怪訝そうに訊ねる。

「どういうことだ？」

「だって私は人を殺したのに、警察の捜査線上に浮かばないどころか、存在すら認識されなかったんだ。笑いがとまらなかったよ」

小野田さんが、のけ反って笑い出す。

「気づいてると思うけど、あんたらの会話はずっと盗聴してた。相模が風俗でスティグマを喰らったとかほざくのも聞いた。甘ったれてると思ったよ。喰らわせてもらえるだけマシだ、どこでなにをしてもうまくいかなくて、この世の誰からも相手にされなくなった私に言わせれば！」

先生が、あなたが捜査線上に浮かばないように力を尽くしてたんだよ。

あなただって警察に見つからないように隠れてたんでしょう。

相模くんの方がマシだとか、比較するようなことじゃない。

そんな正論を一切寄せつけない、けたたましい笑い声が鳴り響く。

「『人を殺した』ということは、玲奈を殺したことを認めるんですね」

　玲奈の件に絞ってしか話せないわたしに、小野田さんは笑うのをぴたりとやめて「そうだった。ネックレスだったね」と呟き、机の引き出しから折り畳まれたハンカチを取り出した。

「ほしいのはこれだろ。くれてやるよ」

　乱暴な口調とは裏腹に、丁寧な手つきでハンカチが開かれる。包まれていたのは、銀の鎖に真紅の小さな三日月がぶら下がったネックレスだった。

「朝倉を殺したときに持ってきました。はい、私が犯人です。でも朝倉は死んで当然だったんだよ。私はあいつくらいの年齢のときには、もうひきこもりだったんだぞ。なのにあいつは親のすねをかじって大学に行って、私の親と結婚の約束までした。私と同じ名前なのに。私の分も、充分幸せを味わっただろ。私がこの生活を続けるために、死んでくれたっていいだろ」

　やっぱり玲奈を殺したのは、自分の生活を守るため――。予想していたこととはいえ、身体が熱くなった。葛葉先生の双眸は充血している。

「玲奈は、あなたがいることに気づいていた。最後の日はひきこもりについて、わたしに相談しようとしていたみたいですよ」

　わたしがこらえ切れずに言うと、小野田さんは胸を撫で下ろした。

「お前にしゃべられるところだったのか。まったく、余計なことをしようとしやがって」

「そんな言い方はないでしょう」

「なんでだよ。どうせ、ひきこもりに手を差し伸べてやる優越感に浸ってたんだろ。もしくは葛葉と結婚するのに私が邪魔で、排除したかったか。どっちにしろ、ろくな理由じゃない。あの夜、帰りが遅かったのも、どうせどこかで自己満足に浸るようなことをやってたんだろ」

掌に爪が食い込むくらい、拳を握りしめてしまう。

小野田さんがわたしを見て、鼻を鳴らす。

「うわー、悔しそう。なら、もっといいことを教えてやる。朝倉は死ぬ前に私の方を振り向いてなにか言おうとしたけど、『どうして……あ、葛葉先せ、い……お、お……こ……』とか口にするのが精一杯で、言葉にならなかったんだ。『どうして……あ、葛葉先せ、い……お、お……こ……』だよ、『どうして……あ、葛葉先せ、い……お、お……こ……』！」

そのときの玲奈の真似をしているつもりなのか、小野田さんはおどけた調子で繰り返す。

「もうやめなさい、レイナ」

葛葉先生がとめても、小野田さんは「葛葉先せ、い……お、お……こ……葛葉先せ、い……お、お……こ……」と繰り返した末に、笑いながら手をたたいた。

「最期に言った言葉は『ごめんなさい』だよ。私が誰かもわからなかったくせに、とりあえず謝っておけばいいと――」

「待って」

わたしは咄嗟に、小野田さんを遮った。

「なんだよ。朝倉が倒れた後のことも話してやろうと――」

「玲奈は『お……こ……』と口にしたんですね」

無視して問うと、小野田さんは顔をしかめながら頷いた。

「はっきりとは聞こえなかったけど、そう思う。だからなんだよ？」

「それなら」

玲奈の姿を思い浮かべながら、わたしは言う。

「玲奈はあなたに、こう言おうとしたんじゃないでしょうか。『葛葉先生のお子さん』と」

葛葉先生が息を呑む。小野田さんの方は、白けた目になった。

「そんなはずないだろ。あいつは、私の顔を見たことがなかったんだから」

「見たことがなくても、一目でわかったんですよ。あなたのことをどうにかしてあげたいと、本気で考えていたから」

「都合よく考えすぎだ」

「玲奈は、そういう性格でした」

だから子どものころ、わたしに声をかけてくれたのだし、葛葉先生が他人に言えない悩みを抱えていることにも気づいた。

「なにを知ったようなことを……朝倉のアドバイスを忘れてた、お前なんかが……」

反論がたどたどしくなった小野田さんに、わたしは告げる。

「玲奈が『お子さん』と言おうとしたなら、最期の『ごめんなさい』は、あなたが思っているのとは違う理由で口にしたことになりますよね」

それを明確に言語化することは、わたしにはできない。玲奈に確かめることも、もうできない。

でも、きっと間違ってない。

――玲奈、あなたともっと話しておけばよかった。

前触れなく、そう思った。

――守矢さん、みんなで鬼ごっこしない？

小さな身体を小刻みに震わせながら声をかけてくれたあの日から、ずっと変わらなかった玲奈。想いすぎるくらい他人のことを想っていた玲奈。

瞳が熱を帯び、膝から崩れ落ちそうになる。そうならずに済んだのは、小野田さんが震え出したからだった。瞳からは、一切の感情が消え失せている。

「いまさら……そうだよ、いまさらそんなこと言われても……いまさら……いまさら……」

それからわたしと葛葉先生がなにを言っても、小野田さんは「いまさら」と譫言のように繰り返すだけだった。先生が促すと、なんの抵抗もなく一緒に警察に行った。

ずっとひきこもっていたとは思えないほど、簡単に。

＊

「言いたいことはいろいろあるが、君のおかげで事件が解決したことは間違いない」

菱田さんの言葉で、わたしの回想は断ち切られた。

「恭志郎も奇跡的に一命を取り留めそうだと連絡がありましたよ――本当に大丈夫ですか？　今度は顔が真っ青だ」

疲労も心労も重なっている人に、こんな気を遣わせてしまうなんて。

「ごめんなさい。ちょっと疲れてしまって」

「それはそうですよね。長時間、申し訳ない」

心配してくれる菱田さんには心苦しいけれど、本当のことを言う気にはなれなかった。

お昼前に帰宅したわたしを待ち受けていたのは、母と、仕事を休んだ父の質問攻めだった。昨日は夜こっそり家を抜け出したことがばれたし、今日は警察に行くからオレンジバースのインターンを延期してもらったことを話したし、なにより心配をかけてしまったので、もうごまかせない。リビングで両親と向かい合ったわたしは、玲奈の事件が起こってからのことを全部話した——自分がその時々にどんな感情を抱いたかは省いて、事実だけを。

予想どおり、両親は「そんな危ないことをしていたなんて」と怒った。でも予想しなかったことに「千弦は友だち思いだ」「千弦の正義感が誇らしい」とほめてくれた。そんなたいしたものじゃない、とわたしが言っても、謙遜していると思われてしまう。居心地が悪くなっていると、階段を下りてくる音が聞こえてきた。兄だ。心なしか、いつもより足音が大きい。

父と母が、いまのいままで饒舌(じょうぜつ)だったことが嘘のように口を閉ざす。その隙に、わたしは「疲れたからお昼ご飯はいらない。少し休む」と言ってリビングを出た。台所に入っていく兄の背中を見ながら二階に上がる。自分の部屋に入ると、ベッドに仰向けに倒れ込んだ。

ネタが思いつかないから、ミス研の会誌には一度も小説を寄稿しなかった。でも今回の体験は、小説にしようと思えばできる。幼なじみの死の謎を解き明かそうとする女子大生と、怪しげな准教授の視点が交互に描かれるミステリー。准教授はあの手この手で女子大生を遠ざけようとするが、実は視点人物は准教授と見せかけて娘だった——という叙述トリック。

実際に書くつもりなんて微塵(みじん)もない。でも、もしも書き上げて、わたしがこの事件に関する記憶を一切なくし、純粋に一読者としてこの小説を読んだとして。

視点人物を誤認させる叙述トリックのミステリーは、志穂子に薦められて何冊か読んだことがある。ひきこもりという社会問題があることも、もちろん知っている。それでも真相は、きっと土壇場までわからない。

菱田さんは、わたしが葛葉先生の家に行っても小野田レイナの存在に気づかなかったのは無理もないと言ってくれたけれど、違うんだ。だって――。

ノックの音と「入るよ」という声がした。返事をする前にドアが開き、兄が入ってくる。わたしはベッドに仰向けになったまま、その姿をぼんやり見遣る。

ドアを閉めてから、兄は言った。

「この一週間、千弦がなにをしていたのか盗み聞きさせてもらったよ。ごめんね」

「構わないよ」

さっきは、わたしが親と居づらそうにしているのを察して足音を立ててくれたのだろう。眼鏡の向こうにある兄の目が、痛みを感じたように細くなった。

「先生の家に行ったとき、ひきこもりがいることに気づくべきだったと思ってるんだよね」

飛び跳ねる心臓に引きずられるように、ベッドで半身を起こした。

「その時点で気づいていたら、相模が車に撥ねられることはなかったから、先生が罪悪感を背負うこともなかった。そう思って、自分を責めてるんだよね」

違う、と否定の言葉を紡ぎ出そうとしているうちに兄は言う。

「千弦が、ひきこもりがいることに気づくべきだったと思っている理由。それは一つ屋根の下に、僕という、ひ、き、こ、も、り、が、い、る、か、ら、だよね」

「――うん」

よりにもよって当の本人である兄に、肯定してしまうなんて。

どうやらわたしは、自分が思っている以上に弱っている。

兄の鉄人が、いわゆるエリートコースからはずれたのは、わたしが小学六年生のときだった。

それまでの兄は、妹の目にはなんでもできる天才に見えた。高校も大学も名門校に進学して、子どもでも「すごい！」と声を上げる超一流企業に就職。両親は、兄のことも、兄を育てた自分たちのことも誇りに思っていた。

兄が就職して家を出ると、両親はわたしの教育に集中した。もともと家庭教師に一学年上の勉強を教えさせていたけれど、そこに英会話も加わった。兄と同じように、一日を振り返って何時何分にどこでなにをしていたか毎晩ノートに書かせるようにもなった。無駄にした時間があったら、どうしてそうなったのか、明日からどうしたらいいかも書かせた。

「鉄人は中学生のときからこういうことをやって、なんとかいい会社に就職できたの。千弦はもっと楽ができるように、小学生のときからやらせてあげる」

母は、何度もそう言った。

わたしがこれを息苦しいとか、辛いとか思う時間はなかった。兄が一ヵ月もしないうちに会社をやめて家に戻ってきて、それどころではなくなったからだ。兄は退職の理由を一切語らなかった。両親は激怒したけれど、兄は無視して、ほとんど部屋から出なくなった。たくさん友だちがいたのに、スマホを解約して他人との交流も一切断った。

ある日、わたしが学校から帰ってくると、両親が兄に怒鳴り散らしていた。兄はリビングのソファに座り、目を赤くして俯いている。その光景を見て、わたしが泣いたからだと思う。それから両親は、少なくともわたしがいるところで兄になにか言うことはなくなった。それでも緊迫感は伝わってきたけれど、わたしは気づかないふりをした。

両親と兄の間に、その後どんなやり取りがあったのかはわからない。やがて両者は、同じ家に暮らしているとは思えないほどよそよそしくなった。三人でカウンセリングにも行ったみたいだ。

両親が兄の話を誰かにすることも、ほとんどない。近所の人には「家でフリーのSEをしている」ということにしてあるらしい。

兄は兄で部屋にこもり、両親となるべく顔を合わせないようにしている。生活リズムは昼夜逆転する傾向にあり、朝、わたしと顔を合わせたときにする「おはよう」という挨拶は遠慮がちだ。菱田さんが来たような夜遅いとも言えない時間帯に顔を合わせたときは、わざわざ寝てなかったと言ってくれる。

でも怠(なま)けているわけでは決してなく、インターネットで見つけた、家でもできる仕事を細々とやってはいるようだ。月に何度か、ひきこもりの集まりにも行っている。

その話を知ったときは、集まりに行っている時点で「ひきこもり」とは言わないんじゃないかと思った。時折コンビニにも行ってるし、ひきこもりではないのでは？

でも少し調べただけで、ひきこもり状態になっている人だって外出はするし、自分の状況をなんとかしたいと思っている場合が多いことを知った。ゴミだらけの部屋で日がな一日ゲームをしているというひきこもり像は、メディアのつくり出した虚像だった。

両親は兄の教育に失敗したと思ったのか、中学生になってからもわたしを管理することはなく、むしろ小学生のときより伸び伸びさせてくれた。

生まれた順番が逆だったら、わたしが兄のようになっていたかもしれない。

何度もそう思ったから、わたしはなるべく兄の話し相手になったし、兄に余計な心配をかけたくなくて、弱音を吐かないようにしてきた。少しでも兄のような人たちの役に立ちたいという思いから「ワンタッチ」というアプリを構想し、そのおかげで内定までもらえてからは、ますますその傾向が強くなった。

なのに、いまは。

兄は、わたしをいたわるように続ける。

「身近にひきこもりがいても、他人の家にいることがわかるとはかぎらない。運とタイミングもあるから、千弦が気にする必要はないと思うよ」

「運とタイミングだけじゃない、どんな条件がそろったところで、わたしは気づけなかった」

自分の意思とは関係なく、言葉がゆるゆると口からこぼれ出る。

「わたしにとってああいう人たちのことは、所詮は他人事だったから」

相模くんに襲われたことで、わたしは玲奈の気持ちだけじゃない、伊織ちゃんのような人たちのこともわかった気になっていたことを思い知った。おかげで相模くんの犯行と鬱屈に気づけたのだから、それ自体はよかった。一日も早くオレンジバースで働いて、困っている人や悩んでいる人に手を差し伸べる仕事をしたいとも決意した。

でも、暴力の被害に遭うことはともかく、社会的に追い詰められることに関しては、自分が手を差し伸べられる側にはならないと無意識のうちに思い込んでいた。

なんの根拠もないのに。

自分で言うのもなんだけれど、わたしは勉強も運動も人一倍がんばってきた。だから慶秀大学に入れたのだし、一流企業から内定をもらうこともできた。

でも、もしも卒業直前、オレンジバースから一方的に内定を取り消されたら。伊織ちゃんのようにまともな職に就けず、バイトで食いつなぐ日々を送ることになるかもしれない。

もしも親にお金がなくて、自分で学費を稼ぐしかないのにブラックバイトにばかり当たる学生生活を送っていたら。相模くんのように、望まぬ風俗バイトをするしかなくなっていたかもしれない。

わたしはその「もしも」を微塵も考えていなかった。考えるという発想すらなかった。

生まれた順番が逆だったら兄のようになっていたかもしれない、と何度も思っておきながら、手を差し伸べる側にいることが、いつしか当たり前になっていたから。

きっと相模くんは、それを見透かしていた。だからわたしが「力になる」と言ったとき、小ばかにするような、見下すような、嘲るような目つきになったに違いない。

そのことに気づいたのは、葛葉先生の口から、小野田さんの半生を聞かされたときだった。

小野田レイナは、彼女自身の要領と、彼女にはどうしようもない運がちょっと悪かっただけで、普通の女性だった。致命的な失態も、責められるような暴挙も犯していない。なのに徐々に居場所がなくなり、気がつけばあの部屋だけが安住できる世界と化していた。

玲奈にしたことは絶対に許せない。罪を償ってほしいとも思う。

でも、わたしの両親が離婚していたら？　胸のサイズが原因で何度も嫌な思いをさせられていたら？　玲奈がいなくて、学校で些細なことが原因でいじめられていたら？

わたしは人一倍がんばれる「強いわたし」になれず、小野田レイナのようになっていたかもしれない。そんな、知らないうちに見えなくなっていた「もしも」を直視させられた。


小野田レイナは、ひとり、闇の中にいた。

あそこにいる彼女は、わたしだったかもしれない。

これから先、わたしも彼女と同じ場所に閉じ込められるかもしれない。


玲奈は、わたしと違った。いつだって、他人(ひと)のことを自分のことのように考えていた。だから最期の瞬間、一目見ただけで自分を刺した人間が誰か悟ったんだ。

自分と玲奈の違いが痛いほどわかるから、思ってしまう——最後の夜、玲奈は、わたしに小野田さんのことを相談しようとしたわけではない、というより、相談できなかったのではないか、と。あくまで、ひきこもりの相談窓口を訊こうとしただけだったのではないか、と。

菱田さんが言ってくれたとおり、わたしを頼ろうとしたとすなおに思いたいのに、どうしても。

もしもわたしが、玲奈と同じだったら。

玲奈は、わたしを困らせるとか迷惑をかけるとか余計なことは一切考えず、「わたしにはどうしようもないこと」だけれど早々に、小野田さんのことを相談してくれたかもしれない。そうしたら二人で力を合わせ、問題を解決できたかもしれない。その後は、昔のような関係に戻れて、子どものころは行けなかったところにも一緒に行って、おいしいものを食べて、離れていた一〇年の間に育まれたお互いの新しい一面を知って、もっとずっと仲よくなれたかもしれない。

意味がないとわかっていても、そんな想像をとめられない。


途切れ途切れに自分の思いを語ると、お兄ちゃんはわたしの頭をそっと撫でてくれた。いつ以来だろう、こんなことをしてもらうのは。

兄ではなく、「お兄ちゃん」と思うのも。

「……ありがと」

「僕が千弦にしてあげられるのは、これくらいだからね」

「慰めの言葉も歓迎だけど」

「かけてほしいならいくらでもかけるけど、どうしたらいいかという答えは、自分で見つけないといけないから。見つけられないでいる僕が言うんだから、説得力があるだろう——じゃあ、もう行く。答えを見つけるのには人の助けが必要だから、僕でよかったらいつでも声をかけて」

お兄ちゃんが急に背を向けたのは、わたしの瞳が潤みはじめたことを見て取ったからだろう。

閉じられたドアに、そっと頭を下げた。


ベッドの上で両膝を抱え、ぼんやりスマホを眺める。視界がぼやけているせいで読みづらいけれど、小野田さんが逮捕されたニュースがさまざまなサイトやＳＮＳで大量に配信されていた。

何年もひきこもっていた人物による犯行であることと、葛葉智人という有名人の娘であることが影響して、注目度が高い。ひきこもりを問題視したり、危険視したりする論調の記事が多かった。SNSの投稿も大多数がそれに乗っていて、反論は少ない。この事態を招いたことすら、自分の責任である気がしてしまう。

握りしめたスマホを放ろうとする直前、その記事が目に入った。

一一月二日の夕方。報子さんと日吉駅で待ち合わせて、ドーナッツがおいしいカフェに入った。玲奈の事件の追加取材の最中で近くにいるというので、来てもらったのだ。

店内の席に着くなり、報子さんは目を輝かせて言った。

「小野田レイナの件だよね。警察関係者に話を聞いているうちに、女子大生が一人関与しているという噂をつかんだ。それがあんたなんだろう。わざわざ私を呼び出したってことは、その話をしてくれるんだろう。もちろん、車に撥ねられた襲撃者の話もしてくれるんだよね」

「いいえ」

菱田さんに、マスコミ関係者がうるさいから余計なことはしゃべらないように口どめされている。途端に報子さんの目から輝きが消えた。

「じゃあ、なんの用？　忙しいから手短に頼むよ」

「昨日配信された、事件に関する報子さんの署名記事を読みました。『小野田レイナは容疑者ではあるが、誰もが彼女と同じ境遇になる可能性がある』。そのとおりだと思います」

「あんまりアクセス数は伸びなかったけどね。ネットの記事はもっと短くて、結論がわかりやすい方がウケがいいんだ」

「確かに、回りくどい表現と無駄な要素が多い上に説教くさい文章だとは思いました」

「喧嘩(けんか)を売ってるの?」

「それなのに心に響くものがあったから、すばらしいと思ったんです」

力強く言い切ると、報子さんは「そいつはどうも」と呟き、あおるようにコーヒーを飲んだ。

「まさか、私の記事をほめるためだけに呼んだの?」

「もちろん違います。わたしは今日からオレンジバースに通って、社会貢献になる新規サービスの立ち上げに参加することになってます。それに、東経ニュースも協力してほしいんです」

怪訝そうに目を眇める報子さんに、わたしは続ける。

「新規サービスとして、新しいニュースサイトの開設を提案したいと思ってます。きちんと利益を出すために、アクセス数を稼げる記事を配信する。一方で、たくさんの人に知ってほしい事件や問題を取材したニュースも配信する——そんなサイトをつくりたいんです」

これが昨日、報子さんの記事を読んでわたしがたどり着いた答えだった。

世の中には他人事(ひとごと)だと思って終わらせてはいけないことが、たくさんある。そのことを、たくさんの人に伝えたい。なにより、わたし自身がもっと知りたい。

そう思ったとき、ぼやけていた視界が鮮明になったのだ。

「東経ニュースは、リストラされそうなんでしょう。わたしの提案が通っても、実現するまで時間がかかります。だから、もう少しがんばってください。わたしも自分で取材したり、文章を書いたりしたい。取材された人の意に沿った記事を、一つでも増やしたい。いろいろ指導してください。それを伝えたくて、来てもらったんです」

報子さんはわたしの顔をまじまじと見つめた末に、鼻を鳴らした。

「まだ就職もしてない学生に、そんなことを言われてもね。ＩＴ企業は利益優先だから、そんなサイトをつくらせてくれるとも思えないし」

「やってみないとわかりません」

「わかるよ。まあ、少しだけ期待して、うちのサイトが続くようがんばってやらんでもない」

そう言う報子さんの両目には、少しだけ輝きが戻っていた。自然、わたしの口許は緩む。

「それはそれとして、千弦、今日のあんたは――」


報子さんと別れたわたしは、その足でオレンジバースに向かった。渋谷駅を出たところで、鉛色の雲の合間から一条の光が射し込んでいることに気づく。淡いけれど確かにあるその光に目を細めていると、先ほどの報子さんの言葉を思い出した。

――それはそれとして、千弦、今日のあんたはスカートを穿いてるんだね。結構かわいいよ。

報子さんはほめてくれたけれど、スカートは久しぶりなので脚に違和感を覚える。パンツの方が歩きやすくもある。それでも、これからは時々穿くつもりだった。髪もしばらく伸ばそう。

似合うかな、玲奈。

左手で毛先をつまみながら心の中で呼びかけ、わたしはスクランブル交差点を渡った。

この作品は書下ろしです。内容はすべてフィクションであり、登場する人物、団体等は架空のものです。

天祢　涼（あまね・りょう）

1978年生まれ。『キョウカンカク』で第43回メフィスト賞を受賞し、2010年にデビュー。「本格ミステリ・ベスト10」2013年版で第7位になった『葬式組曲』（'12）は'22年全面改稿された文庫版で再び話題に。お仕事×ラブコメ×ミステリーの『境内ではお静かに 縁結び神社の事件帖』『境内ではお静かに 七夕祭りの事件帖』『境内ではお静かに 神盗みの事件帖』のシリーズを刊行。また社会に追い詰められた子どもたちを描く『希望が死んだ夜に』（'17）はロングセラーになり文庫で増刷を重ね「仲田」シリーズとして、『あの子の殺人計画』『陽だまりにいたる病』と続いている。

彼女はひとり闇の中

2023年２月28日　初版１刷発行

著　者　天祢　涼
発行者　三宅貴久
発行所　株式会社 光文社
〒112-8011　東京都文京区音羽1-16-6
電話　編　集　部　03-5395-8254
　　　書籍販売部　03-5395-8116
　　　業　務　部　03-5395-8125
URL　光　文　社　https://www.kobunsha.com/

組　版　萩原印刷
印刷所　新藤慶昌堂
製本所　国宝社

落丁・乱丁本は業務部へご連絡くだされば、お取り替えいたします。

ISBN978-4-334-91514-8